이솝 우화

이솝 우화

초판 1쇄 인쇄 2022년 6월 2일
초판 1쇄 발행 2022년 6월 7일

지은이 이솝
옮긴이 김영진
펴낸이 남기성

펴낸곳 주식회사 자화상
인쇄,제작 데이타링크
출판사등록 신고번호 제 2016-000312호
주소 서울특별시 마포구 월드컵북로 400 서울산업진흥원 201호
대표전화 (070) 7555-9653
이메일 sung0278@naver.com

ISBN 979-11-91200-58-4 13890

이솝 우화

이솝 지음 | 김영진 옮김

자화
상

| 차례 |

이솝 우화

독수리와 갈까마귀와 양치기

독수리가 높은 바위에서 내리 덮쳐 새끼 양 한 마리를 채갔다. 그 모습을 보고 경쟁심이 생긴 갈까마귀가 독수리를 흉내 내며 요란한 소리를 내면서 숫양을 덮쳤다. 그런데 갈까마귀의 발톱이 곱슬곱슬한 양털 속에 박히는 바람에 아무리 날개를 퍼덕여도 빠져나올 수가 없었다.

그 모든 상황을 지켜보던 양치기가 다가가서 갈까마귀를 잡았다. 양치기는 갈까마귀의 날개 끝을 자른 다음에, 저녁때 집에 가서 자기 아이들에게 갖다 주었다.

"아버지, 이것은 무슨 새예요?"

아이들이 묻자 양치기가 대답했다.

"이 새는 갈까마귀가 분명해. 그런데 자기가 독수리인 줄 아나 봐."

° 힘 있는 자와 무모하게 겨루면 아무것도 이루지 못합니다.

화살 맞은 독수리

독수리가 높은 바위 위에 앉아 아래를 내려다보고 있었다. 토끼가 지나가면 단번에 낚아챌 계획이었다. 그때 한 사냥꾼이 독수리에게 활을 쏘았다. 화살이 살 속에 박히며 오늬*와 화살 깃이 독수리의 눈앞에 맺혔다. 이를 본 독수리가 말했다.

"이럴 수가! 내 깃털에 내가 죽다니!"

˚ 자신의 재주를 믿다 패배하면 더 뼈아픈 법입니다.

---

*오늬: 화살의 머리를 활시위에 끼도록 에어낸 부분으로 독수리나 매의 깃털이 주로 사용되었음.

나이팅게일과 제비

제비가 나이팅게일에게 충고했다.

"나처럼 사람들이 사는 집의 처마 밑에 둥지를 틀고 사람들과 함께 살렴."

나이팅게일이 말했다.

"나는 지난날의 불행을 되새기고 싶지 않아서 인적이 드문 외딴 곳에 사는 거야."

° 어떤 불행으로 힘들었던 사람은 그 불행을 겪은 장소를 피하고 싶어 합니다.

고양이와 닭들

어떤 농가의 닭들이 병들었다. 그 소식을 듣고 고양이가 의사로 변장한 뒤 치료에 필요한 도구들을 챙겨 그곳을 찾아갔다. 농가에 도착한 고양이가 닭들에게 물었다.

"증상이 어떻습니까? 많이 안 좋은가요?"

닭들이 대답했다.

"좋아요, 당신만 이곳을 떠난다면."

° 현명한 사람은 사악한 사람이 아무리 정직한 척해도
  속지 않습니다.

어부와 다랑어

어부가 바다에 고기를 잡으러 나갔는데, 한참 동안 한 마리의 고기도 잡지 못했다. 몹시 속이 상한 어부는 의기소침하게 배 안에 앉아 있었다. 그때 무언가에게 쫓겨 달아나던 다랑어 한 마리가 자기도 모르게 어부의 배 안으로 쿵 하고 뛰어들었다. 어부는 어쩌다 잡은 다랑어를 시내로 가져가 팔았다.

° 기술로 얻지 못하던 것을 행운으로 얻는 때도 있습니다.

돌을 잡은 어부들

어부들이 그물을 끌어당기고 있었다. 그물이 묵직하자 어부들은 고기를 많이 잡은 줄 알고 기뻐서 춤을 추었다. 그런데 바닷가로 끌어내고 보니 그물에 고기는 조금밖에 없었고, 돌멩이와 다른 부스러기만 가득 차 있었다.

어부들은 무척 속이 상했다. 불쾌한 일이 일어나서가 아니라 기대가 어긋났기 때문이다. 그들 중 어느 늙은 어부가 말했다.

"친구들이여, 이제 그만 괴로워합시다. 기쁨과 고통은 마치 형제자매와 같소. 우리가 아까 그토록 기뻐했으니 고통도 받아들여야 할 것이오."

° 인생은 변화무쌍한 만큼 언제까지나 성공하리라고
  생각해서는 안 됩니다. 쾌청한 날씨 뒤에는 반드시
  폭풍이 분다는 것을 명심해야 합니다.

여우와 덜 익은 포도송이

굶주린 여우가 포도나무를 타고 올라갔다. 포도 덩굴에 포도송이가 달린 것을 보고 따려 했으나 딸 수가 없었다. 여우는 그곳을 떠나며 중얼거렸다.

"그 포도송이들은 아직 덜 익었어."

° 자기가 맡은 일을 능력이 부족해서 해내지 못했을 때 타이밍이 안 맞았다며 시운(時運) 탓으로 돌리는 사람이 있습니다.

사자를 본 적이 없는 여우

사자를 본 적이 없는 여우가 어느 날 우연히 사자와 마주쳤다. 사자를 처음 본 여우는 놀라 죽을 뻔했다. 얼마 후 사자를 또 마주쳤다. 여전히 무서웠으나 첫 번째 만났을 때만큼 무섭지는 않았다. 여우는 사자를 세 번째로 만났을 때 용기를 내서 다가가 말을 걸었다.

° 무슨 일이든 익숙해지면 두려움이 누그러집니다.

여우와 큰 뱀

길가에 무화과나무 한 그루가 있었다. 큰 뱀이 무화과나무에서 자는 모습을 본 여우는 그 큰 몸집이 부러웠다. 큰 뱀과 같아지고 싶어진 여우는 그 옆에 누워 자신의 몸을 늘리려 했다. 그러다 너무 무리한 나머지 몸이 찢어지고 말았다.

° 더 강한 자와 무리하게 경쟁하려다 따라잡기도 전에 제가 먼저 찢어질 수 있습니다.

반백 머리 남자와 그의 애인들

머리카락이 희끗희끗한 반백 머리 남자에게 애인이 둘 있었는데, 한 명은 남자보다 어렸고 한 명은 남자보다 나이가 많았다. 나이 많은 여자는 연하 남자와 가까이 있는 것이 창피해서 만날 때마다 그의 검은 머리카락을 뽑았다. 한편 젊은 여자는 애인이 늙은 것이 싫어서 만날 때마다 그의 흰 머리카락을 뽑았다. 두 여자에게 번갈아 머리카락을 뽑힌 남자는 결국 대머리가 되었다.

° 서로 이치에 맞지 않은 것을 동시에 곁에 두면 해롭습니다.

신을 두고 시비가 붙은 두 남자

다른 나라에 사는 두 남자가 테세우스와 헤라클레스 중 어느 쪽이 더 위대한지를 두고 시비가 붙었다. 이 사실을 알고 화가 난 테세우스와 헤라클레스는 다른 신을 위대하다고 하는 남자의 나라를 응징했다.

° 아랫사람들끼리 시비가 붙으면 윗사람들에게 화가 번지기도 합니다.

난파당한 사람

아테나이(고대 아테네)의 어떤 부자가 다른 승객들과 함께 항해하고 있었다. 세찬 폭풍이 일어 배가 뒤집히자 사람들은 살기 위해 헤엄쳤다. 그러나 아테나이의 부자는 그 자리에서 움직이지 않은 채 계속해서 아테나 여신을 부르며 자신을 구해주면 많은 제물을 바치겠다고 서약했다. 난파당한 사람들 가운데 한 사람이 그의 옆으로 헤엄쳐 다가가 말했다.

"아테나 여신에게 도움을 청하는 것도 좋지만 당신도 손을 움직여야지요."

° 신에게 도움을 청하되 스스로 노력도 해야 합니다.

소몰이꾼과 헤라클레스

소몰이꾼이 마을로 달구지를 끌고 가다가 깊은 구덩이에 빠졌다. 소몰이꾼은 달구지를 끌어낼 생각은 하지 않고 우두커니 서서 신 중에서 가장 존경하는 헤라클레스에게 기도만 했다. 헤라클레스가 나타나 말했다.

"바퀴를 살펴보고 막대기로 소를 얼러봐. 너 스스로 노력해본 다음에 신에게 기도해야지. 그렇지 않으면 기도해도 헛일이야."

° 신에게 도움을 청하기 전에 스스로 노력해보아야 합니다.

협잡꾼

협잡꾼이 어떤 사람에게 델포이의 신탁(信託)이 거짓임을 증명하겠다고 호언장담했다. 정해진 날짜에 그는 작은 참새 한 마리를 집어 들더니 외투 밑에 감추고 신전을 향해 떠났다. 그는 신전 앞에 서서 자기 손안에 있는 것이 죽었는지 살았는지 맞혀보라고 했다. 그는 신이 "죽었다."라고 말하면 살아 있는 참새를 내보이고, 살아 있다."라고 말하면 목 졸라 죽인 뒤 내놓을 참이었다. 신은 그의 사악한 의도를 알아차리고 대답했다.

"이봐, 그쯤 해둬! 네가 쥐고 있는 것이 죽었는지 살았는지는 너한테 달려 있잖나."

° 함부로 신의 영역을 침범해서는 안 됩니다.

암송아지와 황소

암송아지 한 마리가 한창 일하는 황소를 바라보며 고생한다고 동정했다. 그때 축제 행렬을 따라 사람들이 몰려오더니 황소는 멍에에서 풀어주고 암송아지는 제물로 바치기 위해 붙잡았다. 황소가 사람들에게 잡힌 암송아지를 향해 웃으며 말했다.

"암송아지야, 너는 곧 제물로 바쳐질 거야. 그래서 너에게 아무 일도 시키지 않았던 거야."

° 위험은 아무 일도 하지 않는 자를 노립니다.

맹인

어떤 동물이든 손으로 만져보기만 해도 동물 종류를 맞히는 맹인이 있었다. 하루는 누군가가 맹인에게 새끼 늑대를 안겨주었다. 맹인은 새끼 늑대를 만지더니 의아하다는 듯이 말했다.

"늑대의 새끼인지 여우의 새끼인지 비슷한 다른 짐승의 새끼인지는 모르겠소. 하지만 확실히 말할 수 있는 것은, 이 짐승이 양 떼와 함께 있어서는 안 된다는 것이오."

° 가끔은 외관만 보고도 사악한 자의 본성을 알 수 있습니다.

사람과 여우

어떤 사람이 자기를 해코지했다는 이유로 여우에게 원한을 품었다. 앙갚음하려고 여우를 붙잡은 그는 기름에 담가두었던 밧줄을 여우 꼬리에 매달고 불을 붙인 다음에 풀어놓았다.

이를 지켜보던 신이 그 여우를 꽁지에 불을 붙인 사람의 밭으로 안내했다. 마침 수확기여서 밭에는 다 여문 농작물이 가득했다. 그는 울면서 여우를 뒤쫓아갔지만 아무것도 거두지 못했다.

° 마음씨가 너그러워야 합니다. 분노는 때로 큰 손해로 되돌아옵니다.

곰과 여우

곰이 큰 목소리로 자랑했다.

"나야말로 사람을 사랑하지! 시체는 먹지 않는걸!"

여우가 곰에게 말했다.

"제발 시체에 해코지해줄래? 살아 있는 사람을 해코지하지 말았으면 좋겠어."

° 탐욕스러운 자는 위선과 자만으로 된 가면을 쓰고 있습니다.

연못의 개구리들

개구리 두 마리가 연못에 살았다. 여름이 되어 연못이 마르자 개구리들은 다른 연못을 찾으러 떠났다. 그러다 깊은 우물을 만났다. 개구리 한 마리가 다른 개구리에게 말했다.

"친구야, 우리 함께 이 우물로 내려가자!"

다른 개구리가 대답했다.

"우물물도 마르면 우리는 어떻게 올라오지?"

° 경솔하게 일을 시작해서는 안 됩니다.

홍방울새와 박쥐

홍방울새가 창가에 매달린 새장 안에서 밤마다 노래를 불렀다. 그 소리를 듣고 있던 박쥐가 다가가서 물었다.

"낮에는 가만있다가 밤만 되면 노래를 부르는 까닭이 뭐야?"

홍방울새가 답했다.

"다 그럴 만한 까닭이 있어. 예전에 낮에 노래를 부르다가 잡혔거든. 그래서 밤에만 부르기로 했지. 이제 나는 영리해졌으니까."

홍방울새의 말을 듣고 박쥐가 말했다.

"이제는 조심할 필요가 없지 않니? 소용없는 짓이잖아. 잡히기 전에 그랬어야지."

° 불행을 당한 뒤에는 후회해도 소용없습니다.

농부와 개들

농부가 악천후로 농장에 갇혔다. 밖으로 나가지 못해 양식을 구할 수 없자 농부는 농장의 양들을 잡아먹었다. 그래도 악천후가 계속되자 농부는 농장의 염소들도 잡아먹었다. 그래도 악천후가 조금도 누그러지지 않자 농부는 농장의 소들에게 다가갔다. 그동안의 일을 모두 지켜본 농장의 개들이 말했다.

"우리는 이곳을 떠나야 해. 함께 일한 소들도 아끼지 않는데 우리라고 아끼겠어?"

° 식구에게 거침없이 불의한 짓을 하는 자를 가장 조심해야 합니다.

노파와 의사

어떤 노파가 눈병이 생겨서 다 나으면 보수를 주기로 하고 집으로 의사를 불렀다. 의사는 노파의 집에 가서 매번 연고를 발라주었다. 연고를 바르느라 노파가 눈을 감고 있는 동안 의사는 세간을 하나씩 훔쳤다.

세간을 모조리 다 훔쳤을 때 의사는 노파에게 눈병이 다 나았으니 약속한 보수를 달라고 했다. 하지만 노파는 보수를 주려 하지 않았고, 의사는 재판관 앞으로 노파를 데려갔다. 재판관이 왜 약속한 보수를 주지 않느냐고 묻자 노파가 말했다.

"의사가 눈을 치료해주면 보수를 주기로 약속한 것은 사실입니다. 그런데 의사의 치료가 끝난 지금 제 눈은 전보다 더 나빠졌습니다. 치료를 받기 전에는 집 안에 있는 세간들이 전부 보였는데 지금은 아무것도 보이지 않으니까요."

° 사악한 자는 더 많이 갖고 싶어 욕심을 부리다 자신도 모르게 불리한 증거를 댑니다.

살무사와 줄칼

살무사가 대장간에 들어가서 그곳에 있는 연장들을 향해 선물을 내놓으라고 요구했다. 살무사는 대장간을 돌며 연장들한테서 선물을 거두었다. 한쪽에 있는 줄칼에게도 뭐든 일단 내놓으라고 했다. 줄칼이 대답했다.

"순진하게도 내게서 뭔가를 얻어낼 생각을 하는군. 나는 상대에게 주는 법은 몰라. 오히려 모두한테 받는 버릇이 있지."

° 욕심쟁이한테서 이익을 기대하는 것은 어리석은 일입니다.

제우스와 사람들

제우스는 사람들을 만들고 나서 헤르메스*에게 지혜
를 부으라고 지시했다. 헤르메스는 지혜를 만들어 똑같
은 분량으로 나누어 사람들에게 각각 부어주었다.

그리하여 키가 작은 사람은 지혜가 온몸에 가득 차
지각 있는 사람이 되었지만, 키가 큰 사람은 지혜가 온
몸에 고루 퍼지지 못해 지각이 모자라는 사람이 되었다.

° 덩치만 크고 생각이 모자라는 사람에게 어울리는 우
  화입니다.

---

*헤르메스: 그리스 신화에서 제우스의 아들.

노새

보리를 먹고 살이 찐 노새가 우쭐대며 중얼거렸다.

"내 아버지는 경주마처럼 빨랐어. 나는 모든 점에서 아버지를 닮았어."

그러던 어느 날 노새는 경주를 나가게 되었다. 경주가 끝났을 때 노새는 제 아버지가 당나귀라는 것을 실감하고 얼굴을 찌푸렸다.

° 누구든 세상에 자신을 드러내야 할 때를 만나는데, 이때 자신의 근본을 잊어서는 안 됩니다.

낙타와 코끼리와 원숭이

동물의 왕을 뽑기 위해 여러 동물이 모여 의논하고 있었다. 낙타와 코끼리가 나서서 왕이 되겠다고 경쟁했다. 둘 다 덩치가 크고 힘이 세서 자신이 왕으로 뽑히기를 바랐다. 그러나 원숭이는 둘 다 왕의 자격이 없다며 반대했다.

"낙타는 화를 잘 못 내서 안 돼. 불의를 저지르는 자가 생겨도 화를 못 내면 어떡해. 코끼리는 새끼 돼지를 무서워해서 안 돼. 새끼 돼지가 우리를 공격해오면 어떡해."

° 많은 사람이 사소한 이유로 큰일을 그르칩니다.

게와 어미 게

어미 게가 새끼 게에게 말했다.

"옆으로 걷거나 젖은 바위에 옆구리를 문지르지 말렴."

새끼 게가 말했다.

"엄마, 나를 가르치기 전에 엄마부터 똑바로 걸어보세요. 내가 보고 따라 해볼게요."

° 남을 훈계하려면 먼저 자기부터 똑발라야 합니다.

비버

비버는 연못에 사는 네발짐승이다. 비버의 생식기는 어떤 질병을 치료하는 데 효험이 있다고 한다. 비버는 왜 자신이 쫓기는지 알고 있다고 한다. 그래서 누군가 자신을 뒤쫓으면 얼마간은 빠른 발로 도망쳐 온전한 몸을 지키지만, 끝내 잡히겠다 싶으면 자기 생식기를 잘라 던져서 목숨을 구한다.

° 강도에게 공격받는다면 목숨을 걸고 대항하기보다는
  돈을 버리는 편이 더 현명한 선택입니다.

까마귀와 여우

까마귀가 훔친 고깃점을 입에 문 채 나뭇가지에 앉았다. 까마귀를 본 여우는 그 고깃점을 차지하고 싶었다. 까마귀를 향해 여우가 추어올리듯이 말했다.

"까마귀야, 몸매가 균형 잡히고 아름답구나. 까마귀야말로 새의 왕이 될 만해! 목소리만 우렁차다면 틀림없이 왕이 될 거야!"

까마귀는 제 목소리가 우렁차다는 것을 여우에게 보여주고 싶어서 부리를 벌리며 크게 울었다. 그 바람에 물고 있던 고깃점이 떨어졌다. 여우가 달려가 고깃점을 낚아채며 말했다.

"까마귀야, 네가 판단력까지 갖추었다면 새의 왕이 되기에 손색이 없었을 거야."

° 어리석은 사람에게 어울리는 우화입니다.

굶주린 개들

굶주린 개들이 강물에 잠겨 있는 소가죽을 발견하고 잡으려고 애썼다. 쉽게 잡히지 않자 개들은 머리를 모아 궁리했고 강물을 다 마셔버리기로 의견을 모았다. 그러나 소가죽을 손에 넣기도 전에 마셔버린 강물 때문에 그만 뱃가죽이 찢어지고 말았다.

° 이익을 바라고 위험한 짓을 하면 바라던 것을 얻기도 전에 망하는 경우가 더러 있습니다.

개에게 물린 사람

어떤 사람이 개에게 물렸다. 그는 자기를 치료해줄 사람을 사방으로 찾아다녔다. 누군가가 빵으로 피를 닦아주었고 사람을 문 개에게 피 묻은 빵을 던져주려고 했다. 개에게 물린 사람이 그를 말리며 말했다.

"그렇게 하면 틀림없이 나는 시내의 모든 개에게 물리게 될 거요."

° 누군가의 사악함에 아첨하면 더 나쁜 짓을 하도록 부추기는 결과가 됩니다.

개와 달팽이

어떤 개에게는 달걀을 삼키는 버릇이 있었다. 달팽이를 발견한 개는 달걀인 줄 알고 입을 벌려 꿀꺽 삼켜버렸다. 개는 속이 쓰려 괴로워하며 말했다.

"나는 이런 벌을 받아 마땅하지! 둥근 것은 전부 달걀인 줄 알았으니까."

° 무턱대고 일을 시작하면 자기도 모르는 사이에 뜻밖의 곤경에 빠질 수 있습니다.

토끼와 여우

토끼 무리가 독수리 무리와 전쟁을 하고 있었다. 그러던 어느 날, 토끼 무리가 여우 무리를 찾아가 도움을 청했다. 여우 무리가 말했다.

"너희가 누구이고, 누구와 전쟁하는지 우리가 몰랐더라면 도와주었겠지."

° 자기보다 더 강한 자에게 이기려는 자는 자신의 안전을 경시하는 자입니다.

토끼와 개구리

하루는 토끼들이 모여서 자신들의 삶은 불안정하고 두려움으로 가득 차 있다며 슬퍼하고 있었다. 자기들은 결국 사람, 개, 독수리를 비롯한 많은 동물의 먹이가 된다며 말이다. 평생을 두려움에 떠느니 차라리 단번에 죽는 편이 낫다는 쪽으로 의견이 모였다.

토끼들은 한꺼번에 연못을 향해 돌진했다. 그곳에 빠져 죽기 위해서였다. 그런데 토끼들이 요란하게 달려오는 소리를 듣고 연못가에 둘러앉아 있던 개구리들이 연못 속으로 황급히 뛰어들었다. 그러자 자기가 다른 토끼들보다 더 현명하다고 믿던 한 토끼가 말했다.

"멈추시오, 전우들이여! 모두 자해하지 마시오. 보십시오! 우리보다 더 겁 많은 동물도 있소."

° 불운한 사람은 자기보다 불운한 사람을 보며 위안을 얻습니다.

사자와 왕권

사자가 왕이 되었다. 사자는 성내지도 않고 잔인하지도 않고 난폭하지도 않았으며 온순하고 올발랐다. 사자가 통치하는 동안에는 모든 동물이 한자리에 모여 회의를 열기로 했다. 앞으로는 늑대와 양이, 표범과 영양이, 호랑이와 사슴이, 개와 토끼가 화해하고 서로 사이좋게 지내기 위해서였다. 토끼가 말했다.

"허약한 동물들이 난폭한 동물들 앞에 두려움 없이 서는 날이 오기를 얼마나 고대했는지 몰라!"

° 정의가 도시를 지배하고 모든 재판이 공정하다면 약자도 안심하고 살 수 있습니다.

초대받은 개

어떤 사람이 친지를 접대하려고 만찬을 준비하고 있었다. 그 사람의 개도 다른 개를 초대했다.

"이봐, 친구! 식사나 같이 하세."

초대받은 개는 흐뭇한 마음으로 초대에 응했고, 차려진 진수성찬을 보고는 멈춰 서서 마음속으로 외쳤다.

'아니! 이게 웬 떡이야! 배가 터지도록 실컷 먹자! 내일까지 배부르도록!'

초대받은 개는 믿음직스러운 친구를 향해 꼬리를 흔들었다. 개가 이리저리 꼬리를 흔드는 것을 본 요리사는 초대받은 개의 다리를 잡더니 창밖으로 냅다 내던졌다. 초대받은 개는 깽깽대며 집으로 돌아왔다. 길에서 만난 다른 개가 만찬이 어땠느냐고 물었다.

초대받은 개가 대답했다.

"하도 많이 마셔서 정신없이 취하는 바람에 그 집을 어떻게 나왔는지도 모르겠네."

° 남의 것으로 인심 쓰는 자는 믿지 마십시오.

늙은 사자와 여우

늙은 사자는 사냥에 번번이 실패했다. 제 힘으로 식량을 구할 수 없자 꾀를 쓰기로 했다. 늙은 사자는 병이 들었다는 핑계를 대고 동굴 안으로 들어가 누웠다. 그러고는 병문안을 온 동물들을 족족 잡아먹었다. 많은 짐승이 죽자 여우가 사자의 계략을 알아차렸다. 사자를 찾아간 여우는 굴에서 떨어진 곳에 멈춰 서서 동굴 안을 향해 물었다.

"사자야, 몸은 좀 어때?"

"좋지 않아. 그런데 왜 동굴에 들어오지 않아?"

사자가 묻자 여우가 말했다.

"들어간 발자국은 많은데 나온 발자국은 하나도 없잖아."

° 현명한 사람은 전조를 보고 위험을 미리 피합니다.

사자와 개구리

개구리 우는 소리를 듣고 사자는 화들짝 놀라 소리 나는 쪽을 돌아보았다. 소리만 듣고 큰 동물인 줄 알았던 것이다. 잠시 기다리자 연못에서 개구리가 기어나왔다. 사자는 그리로 다가가 개구리를 짓밟으며 말했다.

"이런 녀석한테서 그런 소리가 나오다니!"

° 떠드는 것 말고 다른 일은 할 줄 모르는 수다쟁이에게 어울리는 우화입니다.

나그네들과 까마귀

볼일이 있어 길을 가던 사람들이 한쪽 눈을 잃은 까마귀를 만났다. 나그네들은 걸음을 멈추고 까마귀를 향해 돌아섰다. 그중 한 명이 이것은 불길한 징조이니 되돌아가자고 했다. 그러자 다른 한 명이 말했다.

"저 까마귀가 어떻게 우리에게 다가올 일을 예언할 수 있겠소? 미리 예방 조치를 취하지 못해 제 눈도 잃지 않았나."

° 자기 일에 서투른 자는 이웃에게 조언할 자격이 없습니다.

나그네와 참말

길을 걷던 나그네가 외딴 곳에 홀로 서 있는 여인을
보고 물었다.

"당신은 뉘시오?

여인이 대답했다.

"나는 참말이에요."

"무슨 일로 당신은 도시를 떠나 외딴 곳에서 살고
있소?"

여인이 대답했다.

"옛날에는 거짓말이 소수의 사람과 함께했으나 지금
은 모든 사람과 함께하기 때문이지요. 누구에게 귀 기울
이고자 할 때도, 누구에게 말하고자 할 때도 말이에요."

° 세상이 참말보다 거짓말을 좋아하게 되면 살기 힘들
  어집니다.

나그네와 운의 여신

긴 여행에 지친 나그네가 우물 옆에 쓰러져 잠이 들었다. 나그네는 하마터면 우물에 빠질 뻔했다. 운의 여신이 나타나 나그네를 깨우며 말했다.

"이봐, 우물에 빠졌더라면 너는 자신의 불찰은 생각하지도 않고 내 탓으로 돌렸겠지."

° 많은 사람이 자신의 불찰로 불행에 처하고도 신의 탓으로 돌립니다.

소금 나르던 당나귀

소금을 짊어지고 강을 건너던 당나귀가 미끄러져 물에 빠졌다. 다시 일어났는데 강물에 소금이 녹아 이전보다 짐이 가벼워져서 당나귀는 기분이 좋아졌다.

얼마 후 당나귀는 솜 자루를 짊어지고 강을 건너게 되었다. 이번에도 넘어지면 짐이 더 가벼워지리라 생각한 당나귀는 일부러 미끄러졌다. 그러나 물을 머금은 솜이 너무 무거워져서 당나귀는 일어서지 못했고 그곳에서 익사하고 말았다.

° 제 꾀에 제가 넘어가는 일을 주의해야 합니다.

당나귀와 수탉과 사자

하루는 수탉이 당나귀와 함께 먹이를 먹고 있었다. 그때 사자가 다가왔고 때마침 수탉이 울었다. 사자는 수탉 울음소리가 무서워 도망쳤다. 그런데 당나귀는 사자가 저 때문에 도망친 줄 알고 곧바로 사자를 뒤쫓았다. 수탉 울음소리가 더는 들리지 않을 거리까지 뒤쫓았을 때 사자가 돌아서서 당나귀를 잡아먹었다. 당나귀는 죽어가며 소리쳤다.

"나야말로 불쌍하고 어리석구나! 내 부모는 호전적이지 않은데 어쩌자고 싸우겠다고 덤볐을까?"

° 일부러 힘을 숨기는 적을 향해 무모하게 공격을 가하다가 패배하는 일이 많습니다.

당나귀와 개구리

나뭇짐을 나르던 당나귀가 늪을 건너고 있었다. 그러다 미끄러져 넘어졌는데 쉽게 일어설 수가 없었다. 당나귀는 울며 한탄했다.

"늪에 다리가 빠져서 나오질 않아! 아, 내 신세야!"

당나귀가 한탄하는 소리를 듣고 늪 속에 있던 개구리들이 말했다.

"이봐, 너는 잠깐만 쓰러져도 이렇게 우니? 우리처럼 여기 오래 머물렀다가는 얼마나 시끄러울까!"

° 남들은 더 큰 불행도 견디는데 가장 작은 고생조차 참지 못하는 나약한 사람에게 어울리는 우화입니다.

사자 행세를 한 당나귀

당나귀가 사자 가죽을 쓰고 사자 행세를 하여 지나가는 사람도, 가축도 모두 놀라 달아나게 했다. 그때 바람이 불어와 사자 가죽이 날아가 당나귀는 알몸이 되었다. 그러자 모두 막대기와 몽둥이를 들고 덤벼들어 당나귀를 때렸다.

° 분수에 맞지 않는 사람을 흉내 내다가 자칫 웃음거리가 되거나 위험을 자초할 수 있습니다.

암탉과 제비

암탉이 뱀의 알들을 발견하고는 정성껏 품어 부화시켰다. 이를 지켜본 제비가 암탉에게 말했다.

"멍청하기는! 새끼 뱀이 자라면 맨 먼저 너부터 해칠 텐데, 왜 품어주니?"

° 사악한 본성은 아무리 잘해주어도 길들일 수 없습니다.

뱀과 족제비와 쥐

뱀과 족제비가 어떤 집에서 서로 싸우고 있었다. 잡아먹힐까 두려워 늘 둘을 피해 다니던 쥐가 둘이 싸우는 모습을 구경하려고 슬그머니 쥐구멍에서 나왔다. 이를 발견한 뱀과 족제비는 싸움을 그만두고 쥐에게 덤벼들었다.

° 민중 선동가의 당파 싸움에 끼어드는 자는 자기도 모르는 사이에 양쪽의 제물이 됩니다.

멱 감던 아이

하루는 한 아이가 강에서 멱을 감다가 익사할 위험
에 처했다. 아이는 지나가는 나그네에게 구해달라고 소
리쳤다. 나그네는 아이에게 무모하다고 나무랐다. 아이
가 나그네에게 말했다.

"지금은 나를 구해주세요. 나무라더라도 일단 구해주
고 나서 하세요."

° 남을 해코지할 핑계를 대는 자에게 어울리는 우화입
니다.

부자와 대곡(代哭)꾼

어떤 부자에게 딸이 둘 있었는데 그중 한 명이 죽었다. 다른 딸이 어머니에게 말했다.

"우리는 참 가엾어요. 상을 당하고도 울지 못하는데 우리와 무관한 저 여인들은 저토록 애절하게 가슴을 치며 울고 있으니 말예요."

어머니가 대답했다.

"얘야, 저 여인들이 저토록 슬피 운다고 놀라지 마라. 저들은 돈을 받고 저러는 거란다."

° 세상에는 자기의 이익을 위해서라면 주저 없이 남의 불행을 떠맡는 사람이 있습니다.

목장 주인과 새끼 늑대

어떤 목장 주인이 새끼 늑대를 발견하고 정성껏 길렀다. 그 늑대가 자라자 목장 주인은 이웃의 양을 훔쳐오는 법을 가르쳤다. 목장 주인의 설명이 끝나자 늑대가 말했다.

"내게 훔치는 버릇을 가르쳤으니 내가 나리의 양을 노리는 일이 없도록 조심하세요."

° 본심이 영악한 자가 도둑질과 탐욕을 배우면 그것을 가르친 자에게 해코지할 수도 있습니다.

헤라클레스와 아테나

　　좁은 길을 지나가던 헤라클레스가 땅바닥에서 사과처럼 생긴 것을 발견했다. 헤라클레스는 그것을 밟아 으깨려고 했다. 그런데 그것이 두 배로 늘어났다. 헤라클레스는 더 세게 밟고 몽둥이로도 내리쳤다. 그러자 그것이 더 크게 부풀어 오르더니 길을 막았다. 놀란 헤라클레스는 몽둥이를 내려놓고 잠시 쉬었다. 그때 아테나가 나타나 그에게 말했다.

　　"오라버니, 그만두세요. 그것은 말다툼과 불화인데 가만히 내버려두면 처음 그대로 머물러 있지만 건드리기만 하면 이렇게 부풀어 오른답니다."

° 싸움과 불화가 번져 큰 화가 일어는 일은 누구에게나 있을 수 있습니다.

멧돼지와 여우

멧돼지가 나무 옆에 서서 이빨을 갈고 있었다. 그 모습을 본 여우가 사냥꾼이 온 것도 아니고, 위험에 처한 것도 아닌데 왜 이빨을 가느냐고 물었다. 멧돼지가 대답했다.

"내가 공연히 이러는 게 아니라네. 내게 위험이 닥쳤을 때는 이빨을 갈 시간이 없겠지. 위험한 순간에는 준비된 이빨만 효력이 있단 말이네."

° 대비는 위험이 닥치기 전에 해두어야 합니다.

벌과 뱀

벌이 뱀의 머리에 앉아 계속해서 침으로 찌르며 괴롭혔다. 뱀은 너무 아프기도 하고 반격할 방법도 없자 머리를 수레바퀴 밑으로 들이밀어 벌과 함께 죽어버렸다.

° 세상에는 적과 함께 죽기를 마다하지 않는 사람도 있습니다.

사자와 늑대와 여우

늙은 사자가 병들어 동굴 안에 몸져눕자 동물들이 병문안을 왔다. 그런데 그중 여우의 모습은 보이지 않았다. 늑대가 기회를 엿보다가 늙은 사자에게 여우를 비난했다.

"여우는 우리 모두의 통치자인 당신을 조금도 존경하지 않기 때문에 병문안을 오지 않는 게 확실합니다."

때마침 도착한 여우가 늑대의 말을 들었다. 늙은 사자가 여우를 향해 으르렁거리자 여우가 변명할 기회를 달라며 말했다.

"여기에 모인 이들 중 누가 나만큼 당신에게 도움을 드렸습니까? 나는 백방으로 의원을 만나러 다니며 당신을 위해 약을 알아왔습니다."

늙은 사자가 그 약이 무엇인지 당장 말하라고 명령하자 여우가 말했다.

"그것은 늑대를 산채로 껍질을 벗겨 아직 따뜻할 때 그 껍질을 몸에 두르는 것입니다."

늙은 사자는 당장 늑대를 해했고, 늑대의 주검을 향해 여우가 말했다.

"주인을 자극하려면 악의가 아니라 선의를 품도록 자극해야지."

° 남을 모략하는 자는 그 모략에 제가 걸려들기 십상입니다.

사자와 야생 당나귀

사자와 야생 당나귀가 들짐승을 사냥하고 있었다. 사자는 강한 힘을 이용하고 당나귀는 빠른 발을 이용했다. 어느 정도 짐승을 잡았을 때 사자가 그것을 세 몫으로 나누고 나서 말했다.

"첫 번째 몫은 내가 갖는다. 나는 왕이니까 일인자의 몫으로서 말이다. 두 번째 몫도 내가 갖는다. 대등한 협력자의 몫으로서 말이다. 세 번째 몫은 너에게 주겠으나 화근이 될 것이다. 네가 이것을 들고 도망치는 데 실패한다면 말이다."

° 매사에 자기 힘을 계산해보세요. 자기보다 더 강한 자와는 연대하거나 협력하지 않는 것이 좋습니다.

의사와 환자

의사가 돌보던 환자가 죽었다. 의사는 환자의 가족들에게 말했다.

"술을 삼가고 관장약을 썼더라면 이분은 죽지 않았을 것이오."

그들 가운데 한 명이 말했다.

"이봐요, 이제 와서 그런 말이 무슨 소용이 있소? 도움이 될 때 그런 충고를 해주었어야지요."

° 도움이 필요할 때 도와주어야 합니다. 상황이 끝난 뒤에 남의 절망을 조롱해서는 안 됩니다.

사자와 황소

사자는 황소를 죽일 계략을 짜냈다. 사자는 양 한 마리를 제물로 바치겠다며 황소를 잔치에 초대했다. 황소가 잔칫상에 비스듬히 기대앉을 때 제압할 생각이었다.

잔치에 초대받은 황소는 가마솥과 굵은 꼬챙이만 잔뜩 보일 뿐 어디에도 양이 보이지 않자 두말없이 자리를 떴다. 사자가 나무라며 무슨 불상사를 당한 것도 아닌데 왜 아무 말도 없이 떠나느냐고 묻자 황소가 대답했다.

"양을 손질할 도구들은 보이지 않고 황소를 손질할 도구들만 보이니까 그렇지요."

° 현명한 자는 사악한 자의 계략에 쉽게 넘어가지 않습니다.

말 울음소리를 내는 솔개

옛날에 솔개의 목소리는 여느 새와는 다르게 날카로웠다. 어느 날 솔개는 말이 멋있게 우는 소리를 듣고 그 소리를 흉내 냈다. 그런데 아무리 노력해도 말의 울음소리를 제대로 흉내 낼 수 없었다. 그러는 동안 제 목소리마저 잃어버렸다. 그래서 지금 솔개의 목소리는 말의 목소리도, 자신의 옛 목소리도 아니다.

° 샘이 많은 속물은 제 본성에 어긋나는 것을 좇다가 제 본성에 맞는 것마저 잃고 맙니다.

강도와 뽕나무

강도가 길에서 사람을 죽였다. 강도는 현장에 있던 사람들이 자신에게 덤벼들자 피투성이가 된 희생자를 버리고 도망쳤다.

맞은편에서 오던 행인들이 손이 왜 그렇게 더럽혀졌느냐고 묻자 강도는 방금 뽕나무에서 내려오는 길이라고 거짓말했다. 강도가 그렇게 말할 때 뒤쫓던 사람들이 그를 따라잡았다. 그들은 강도를 붙잡아 뽕나무에 매달았다.

뽕나무가 강도에게 말했다.

"당신을 처형하는 데 내가 이용당해도 내 가슴이 아프지 않소. 살인은 당신이 저질러놓고 그 피는 나한테 닦으려고 했으니 말이오."

° 본성이 착한 사람도 명예를 훼손당하면 때로는 주저 없이 적의를 보입니다.

늑대와 암염소

암염소가 가파른 동굴 위에서 풀을 뜯고 있는 모습이 늑대의 눈에 들어왔다. 암염소에게 다가갈 수 없자 늑대는 암염소를 꼬드겼다.

"실수해서 떨어지면 어떡해? 아래로 내려오는 게 어때? 내가 있는 곳의 풀이 더 무성하니 뜯어먹기 좋을 거야."

늑대의 꼬드김에 암염소가 대답했다.

"풀밭으로 날 부르는 것은 나를 위해서가 아니라 네가 먹을거리가 없기 때문이겠지."

° 사악한 자가 자신의 속내를 아는 사람에게 못된 짓을 할 때는 어떤 간계를 써도 소용없습니다.

늑대와 말

늑대가 밭두렁을 지나다가 보리를 발견했다. 보리를 양식으로 쓸 수 없던 늑대는 그냥 두고 그곳을 떠났다. 잠시 후 말을 만난 늑대는 그 밭으로 말을 데려가서 말했다.

"내가 보리를 발견하고도 먹지 않고 지킨 것은 네가 먹을 때 나는 와삭와삭 소리가 듣기 좋아서야."

말이 말했다.

"이봐, 늑대가 보리를 양식으로 쓸 수 있었다면 너는 결코 배보다 귀를 택하지는 않았겠지."

° 본성이 나쁜 자는 아무리 착한 척해도 아무도 믿어주
  지 않습니다.

늙은 말

 늙은 말이 맷돌 돌릴 말을 찾던 방앗간 주인에게 팔려왔다. 방앗간에 매인 늙은 말이 탄식하며 말했다
 "아, 경마장을 돌던 내가 이런 곳에서 돌고 있다니!"

° 젊음과 명성을 믿고 너무 우쭐대면 안 됩니다.

늑대와 개

늑대가 목줄을 맨 큰 개를 보고 물었다.

"누가 너를 이렇게 묶어놓고 먹여주는 거야?"

개가 말했다.

"사냥꾼이지. 하지만 너는 내 친구니까 이런 일을 당하지 않았으면 좋겠다. 목줄은 굶주림보다 더 견딜 수 없거든."

° 불행할 때는 먹어도 즐겁지 않습니다.

늑대와 양치기

늑대가 아무런 해코지도 하지 않고 양 떼를 따라다녔다. 처음에 양치기는 늑대를 적이라 여기고 두려운 마음으로 지켜보았다. 그런데 늑대가 줄곧 따라다니기만 할 뿐 전혀 양을 채가려 하지 않자 양치기는 늑대를 교활한 적이라기보다는 파수꾼쯤으로 여기게 되었다.

시내에 볼일이 생긴 양치기는 양들을 늑대에게 맡기고 떠났다. 늑대는 기회가 왔다 싶어 양 떼에 덤벼들어 대부분을 물어뜯었다.

볼일을 마치고 돌아온 양치기는 양들이 죽어 있는 것을 보고 말했다.

"나는 이런 벌을 받아 마땅하지! 어쩌자고 늑대에게 양 떼를 맡겼단 말인가!"

° 욕심쟁이에게 귀중품을 맡기면 으레 잃게 됩니다.

말과 마부

마부가 마구간에 몰래 들어가 말이 먹을 보리를 훔쳐 내다팔았다. 그러면서도 마부는 온종일 말을 문지르고 빗겨주었다. 말이 말했다.

"진정으로 내가 아름답기를 원한다면 내가 먹을 보리를 내다팔지 마세요."

° 욕심쟁이는 감언이설로 사람을 꾀어 꼭 필요한 것까지 빼앗아갑니다.

부상당한 늑대와 양

늑대가 개들에게 물려 부상을 입고 땅 위에 쓰러져 있었다. 부상이 심해 손수 먹을거리를 구할 수 없었던 늑대는 지나가는 양에게 근처 강에서 물을 떠달라고 했다.

"네가 물 한 모금만 떠주면 나는 손수 먹을거리를 찾을 수 있게 될 거야."

양이 말했다.

"내가 물을 한 모금 떠주면 그 순간 나는 당신의 먹을거리가 되겠지요."

° 위선의 덫을 놓는 사람에게 어울리는 우화입니다.

점쟁이

어떤 점쟁이가 장터에 앉아 돈벌이를 하고 있었다. 갑자기 누가 점쟁이를 찾아와 말했다.

"당신 집의 문이 모두 열려 있고 집 안에 있던 물건들이 죄다 없어졌어요!"

깜짝 놀라 벌떡 일어난 점쟁이는 무슨 일인지 알아보려고 숨을 헐떡이며 집으로 뛰어갔다. 이를 지켜보던 구경꾼 한 명이 말했다.

"남의 일은 미리 안다고 뽐내면서 정작 자신의 일은 내다보지 못하는구려."

° 자기의 일은 형편없이 관리하면서 자기와는 무관한 일에 개입하려는 사람에게 어울리는 우화입니다.

개미

    옛날에 개미는 사람이었다. 한 농사꾼이 제가 노력
해 수확한 곡식에 만족하지 못하고 남이 수확한 곡식
에 눈독을 들였다. 그러다가 끝내 이웃이 수확한 곡식
을 훔치고 말았다. 농사꾼의 욕심이 못마땅했던 제우스
는 그를 개미로 바꾸어놓았다.

    몸이 바뀌었어도 그의 마음은 바뀌지 않았다. 지금도
그는 들판을 돌아다니며 남의 밀과 보리를 모아 자신
을 위해 저장하니 말이다.

° 본성이 나쁜 자는 아무리 엄벌을 받아도 바뀌지 않습
  니다.

쥐와 개구리

땅 위에 사는 쥐가 개구리와 친구가 되었다. 개구리는 나쁜 마음을 먹고 쥐의 발목과 자기 발목을 줄로 묶었다. 처음에 둘은 이삭을 먹으려고 땅 위를 돌아다녔다.

얼마 후 연못가에 이르자 개구리는 쥐를 연못 바닥으로 끌고 들어갔다. 개구리는 연못 바닥을 개굴개굴 헤엄치며 노닐었다. 가련한 쥐는 물을 먹고 퉁퉁 부어올라 죽었다.

쥐의 사체가 개구리의 발목에 묶인 채 물 위를 떠다녔다. 솔개가 죽은 쥐를 발톱으로 낚아챘다. 발목이 묶여 있던 개구리도 함께 딸려 올라가 솔개의 밥이 되었다.

° 죽은 자도 복수할 수 있습니다. 신은 만물을 굽어보며 저울의 균형을 맞춥니다.

젊은 탕아와 제비

젊은 탕아가 아버지의 유산을 모두 탕진했다. 그에게 남은 것이라고는 외투 하나뿐이었다. 때를 못 맞춰 일찍 날아온 제비를 보고 '벌써 여름이 왔나?' 하고 착각한 그는 외투마저 내다팔았다.

며칠 남은 겨울이 위세를 떨치며 날씨가 다시 추워졌다. 탕아는 돌아다니다가 얼어 죽은 제비를 보고 말했다.

"오, 너로구나. 네가 너도 나도 다 망쳐놓았구나."

° 시의적절하지 못한 것은 무엇이나 위험합니다.

환자와 의사

의사가 처음 진찰 와서 증상이 어떠냐고 물었고, 환자는 지나치게 땀을 흘린다고 대답했다. 의사가 말했다.

"좋아요."

의사가 두 번째로 진찰 와서 증상이 어떠냐고 물었고, 환자는 한기가 들어 계속해서 떨린다고 대답했다. 의사가 말했다.

"그것도 좋아요."

의사가 세 번째로 진찰 와서 증상이 어떠냐고 물었고, 환자는 설사를 한다고 대답했다. 의사가 말했다.

"그것도 좋아요."

의사가 돌아가고 친척 중 한 사람이 찾아와 증상이 어떠냐고 물었고 환자는 대답했다.

"나는 증상이 좋아서 죽어가고 있소."

° 겉모습만으로 판단하다 보면, 가장 큰 불행을 불러오는 것인데 오히려 행복을 불러오는 것이라고 착각할 우를 범할 수 있습니다.

두 친구와 곰

두 친구가 함께 길을 걷고 있었다. 갑자기 그들 앞에 곰이 나타났다. 한 사람은 재빠르게 나무를 타고 올라가 몸을 숨겼다. 다른 한 사람은 미처 피하지 못해 땅바닥에 널브러져 죽은 체했다.

곰이 죽은 체하는 사람에게 다가와 주둥이를 내밀어 온몸의 냄새를 맡았지만 그는 숨도 쉬지 않고 가만있었다. 곰은 시체에는 손을 대지 않는다는 말을 들었기 때문이다.

곰이 떠나자 나무 위로 올라갔던 사람이 내려와 그에게 물었다.

"곰이 자네 귀에 대고 무슨 말을 했나?"

그가 답했다.

"앞으로는 위험할 때 내빼는 친구하고 함께 여행하지 마라더군."

° 진정한 친구인지는 불행을 당했을 때 알 수 있습니다.

신상을 때려 부순 사람

어떤 사람이 나무로 만든 신상*을 가지고 있었다. 가난했던 그는 신상에게 도와달라고 간청했다. 그래도 점점 더 가난해지자 그는 화가 나서 신상의 발을 잡아 벽에 패대기쳤다. 신상의 머리가 깨지며 갑자기 황금이 쏟아져 나왔다. 그러자 그는 그것을 주워 모으며 소리쳤다.

"비뚤어지고 배은망덕한 것 같으니라고! 내가 존중할 때는 아무런 도움도 주지 않더니 내가 때리니까 선물을 쏟아내며 보답하는구나."

° 나쁜 사람은 존중해주면 도움이 되지 않고 때리면 큰 도움이 됩니다.

---

*신상(神像): 숭배의 대상이 되는 신의 화상, 초상, 조각상.

돌고래와 고래와 멸치

돌고래 무리와 고래 무리가 서로 싸우고 있었다. 싸움이 길어지고 격렬해지자 멸치 한 마리가 물 위로 뛰어올라 그들을 화해시키려 했다. 돌고래 한 마리가 멸치에게 말했다.

"너를 중재자로 받아들이느니 차라리 우리끼리 싸우다가 죽는 편이 낫겠다."

° 아무런 힘도 없으면서 자기가 대단한 줄 알고 분쟁에
  끼어들려는 자가 더러 있습니다.

나무꾼과 소나무

나무꾼들이 도끼로 소나무를 패고 있었다. 나무꾼들은 소나무로 만든 쐐기*를 사용해 힘들이지 않고 도끼질을 했다. 소나무가 말했다.

"나를 패는 도끼보다 내게서 만들어진 쐐기가 더 원망스럽구나!"

° 남보다 제 식구에게 불쾌한 일을 당하면 더 견디기
  어렵습니다.

---

*쐐기: 물건의 틈에 박아서 물건들의 사이를 벌리는 데 쓰는 물건. 나무나 쇠의 아래쪽을 위쪽보다 얇거나 뾰족하게 만들어 사용.

전나무와 가시나무

전나무와 가시나무가 서로 다투고 있었다. 전나무가 자랑스레 말했다.

"나는 아름답고 곧으며 키가 커서 신전의 서까래 재료나 배의 재료로 쓰이지. 어찌 감히 나와 견주려 하지?"

가시나무가 말했다.

"너를 베어가는 도끼나 톱을 생각하면 너도 가시나무가 되고 싶을걸."

° 명성을 얻었다고 해서 의기양양해서는 안 됩니다. 미천한 자의 인생이야말로 위험하지 않기 때문입니다.

사슴과 동굴 안의 사자

사슴이 사냥꾼들을 피해 사자가 있는 동굴에 이르렀다. 몸을 숨기려고 동굴 안으로 들어간 사슴은 사자에게 잡아먹히며 말했다.

"나야말로 불운하구나! 사람을 피하려다 맹수에게 걸려들다니!"

° 작은 위험을 피하려다 더 큰 위험에 빠지는 수가 있습니다.

농부와 늑대

농부가 소 한 쌍의 멍에를 풀어준 후 물통이 있는 곳으로 데려갔다. 그때 먹이를 찾아 헤매던 굶주린 늑대가 쟁기를 발견했다. 늑대는 대뜸 소들이 핥던 멍에의 한쪽을 핥기 시작했다. 너무 열중한 나머지 자기도 모르게 멍에 밑으로 조금씩 목을 들이밀어 목을 뺄 수 없게 되었다. 멍에에 묶인 늑대는 쟁기를 끌고 밭으로 갔다. 농부가 돌아와 늑대를 보고 말했다.

"이 악랄한 늑대야. 네가 약탈과 해코지는 그만두고 진심으로 농사일을 할 마음이라면 좋으련만!"

° 사악한 인간은 제아무리 좋은 일을 했다고 해도 그 본성 때문에 다른 사람에게 불신을 삽니다.

살인자

어떤 사람이 사람을 죽인 뒤 피살자의 친척들에게 쫓기고 있었다. 살인자가 나일강 강가에 이르렀을 때 늑대를 만났다. 겁이 난 그는 강가에 있던 나무 위로 올라가 숨었다. 그러나 나뭇가지에 있던 큰 뱀이 자기를 향해 기어왔다. 살인자는 뱀을 피해 강물로 뛰어내렸고 강물 속에 있던 악어가 그를 먹어치웠다.

° 죄지은 사람에게는 뭍에도 공중에도 물에도 안전한 곳이 없습니다.

겁쟁이와 까마귀

어떤 겁쟁이가 싸움터로 떠났다. 까마귀들의 울음소리가 들리자 그는 무기를 내려놓고 쉬었다. 잠시 후 그는 다시 무기를 들고 떠났다. 다시 까마귀들의 울음소리가 들리자 멈춰 서더니 말했다.

"너희들이 아무리 크게 울어봐야 내 살맛을 보지는 못할걸."

° 지독한 겁쟁이에게 어울리는 우화입니다.

숯장수와 세탁소 주인

어떤 동네에서 장사하던 숯장수의 옆 가게는 세탁소였다. 숯장수는 세탁소 주인을 찾아가 말했다.

"나와 함께 사는 게 어떻소? 그러면 이웃끼리 더 친해질 테고 한집에 사는 만큼 생활비도 더 적게 들 게 아니오."

세탁소 주인이 대답했다.

"나로서는 전적으로 불리한 일이오. 내가 하얗게 만들어놓은 것들을 당신이 검댕으로 까맣게 만들 테니 말이오."

° 무엇이든 서로 다른 둘은 뜻이 맞기 어렵습니다.

천문학자

　어떤 천문학자는 저녁마다 별을 보러 가는 습관이
있었다. 하루는 교외에 나가 열심히 하늘을 관찰하다가
부지불식간에 우물에 빠졌다. 천문학자가 울면서 소리
지르자 지나가던 행인이 소리를 듣고 다가왔다. 상황을
파악한 행인이 천문학자에게 말했다.
　"하늘에 떠 있는 것을 보려다가 땅에 있는 것은 보지
못했구려."

° 엄청난 일을 한다고 자랑하는 사람이 정작 사소한 일
　상사조차 해결하지 못할 때 어울리는 우화입니다.

개구리 의사와 여우

하루는 연못의 개구리 의사가 모든 동물에게 외쳤다.
"나는 의사이고 약이란 약은 다 알고 있어."
여우가 말했다.
"어떻게 네가 모든 동물을 구하겠다는 거지? 절름발
이인 너 자신도 치료하지 못하면서 말이야."

° 기술을 제대로 전수받지 못한 자는 남에게도 전수할
  수 없습니다.

북풍과 해

북풍과 해가 서로 제 힘이 더 세다며 다투었다. 그때 나그네가 길을 걷는 것을 보고, 둘은 누구든 나그네의 옷을 벗기는 쪽이 이기는 것으로 하자고 정했다.

먼저 북풍이 세차게 입김을 불어댔다. 나그네가 옷깃을 졸라매자 북풍은 더 세차게 공격했다. 추위가 기승을 부리자 나그네는 옷을 껴입었다. 그러자 북풍이 지쳐서 해에게 순서를 넘겼다.

해는 먼저 알맞게 볕을 비추었다. 나그네는 껴입은 옷을 벗었다. 해가 더 따가운 햇살을 쏘자 나그네는 더위를 견디지 못해 옷을 벗고 근처의 강으로 멱을 감으러 갔다.

° 때로는 설득이 강요보다 더 효과적입니다.

노인과 죽음

하루는 노인이 나무를 베어 짊어지고 먼 길을 갔다.
걷느라 지칠 대로 지친 노인은 짐을 내려놓고는 죽음
을 불렀다. 죽음이 나타나 무슨 이유로 자기를 불렀느
냐고 묻자 노인이 대답했다.

"내 짐을 좀 들어주게나."

° 아무리 비참하게 살아도 사람은 누구나 삶을 사랑합
 니다.

솔개와 뱀

솔개가 뱀을 낚아채 날아가고 있었다. 뱀이 몸을 돌려 솔개를 콱 물었다. 그러자 둘 다 높은 곳에서 떨어져 솔개가 죽었다. 뱀이 솔개에게 말했다.

"나는 너를 해코지한 적이 없는데 어째서 너는 나를 해코지했느냐? 어리석게 나를 채어가다가 너는 죗값을 치른 거야."

° 탐욕에 이끌려 약자를 해코지하는 자는 뜻밖에 강자에게 걸려들어 전에 저지른 악행의 죗값까지 치르게 됩니다.

새끼 염소와 피리 부는 늑대

무리에서 뒤처진 새끼 염소 한마리가 늑대에게 쫓기고 있었다. 새끼 염소가 돌아서서 늑대에게 말했다.

"늑대야, 나는 네 밥이 될 운명이라는 걸 잘 알아. 다만 내가 명예로이 죽을 수 있도록 피리를 불어줄래? 내가 춤출 수 있게 해다오."

늑대가 피리를 불자 새끼 염소가 춤을 추었고, 피리 소리를 들은 개들이 달려와 늑대를 쫓아냈다. 늑대가 돌아서서 새끼 염소에게 말했다.

"나는 이런 벌을 받아 마땅하지! 백정인 주제에 피리 부는 사람을 흉내 냈으니…."

° 상황을 고려하지 않고 행동하면 손안에 있는 것조차 놓치고 맙니다.

헤르메스와 장인

제우스는 헤르메스를 시켜 모든 장인*에게 거짓말의 독(毒)을 마시게 했다. 헤르메스는 독을 빻아 같은 분량으로 나누어 장인들의 입에 부었다. 남은 장인은 이제 갖바치**뿐인데 아직 독이 많이 남아 있었다. 헤르메스는 독을 절구째 갖바치의 입에 부었다. 그 뒤로 장인은 모두 거짓말쟁이가 되었는데, 그중에서 유독 갖바치들이 심했다

° 거짓말쟁이에게 어울리는 우화입니다.

---

*장인(匠人): 손으로 물건을 만드는 일을 직업으로 하는 사람.
**갖바치: 가죽신을 만드는 일을 직업으로 하는 사람.

어미 두더지와 새끼 두더지

새끼 두더지가 어미 두더지에게 말했다.

"엄마, 저는 앞이 보이지 않아요."

어미 두더지는 새끼 두더지를 시험해보려고 유향*의 낟알을 하나 주면서 물었다.

"이것이 무엇인지 맞혀보렴."

새끼 두더지가 말했다.

"조약돌이요."

그러자 어미 두더지가 말했다.

"애야, 너는 시각만 없는 게 아니라 후각까지 없구나."

° 무능한 자는 큰소리치며 불가능한 것을 약속해도 사
  소한 일도 할 줄 모르는 자라는 사실이 급세 드러납
  니다.

---

*유향(乳香): 열대 식물인 유향수(乳香樹)의 분비액을 말려 만든 수지.
노랗고 투명한 덩어리로 약재, 방부제, 접착제 따위로 사용.

공작과 갈까마귀

　새들이 왕을 뽑으려고 의논하고 있었다. 공작이 제 아름다움을 내세우며 저를 왕으로 뽑아달라고 했다. 새들이 그렇게 하려는데 갈까마귀가 말했다.

　"네가 왕이 되면 독수리가 우리를 뒤쫓을 때 어떻게 우리를 도울 거니?"

° 다가오는 위험을 내다보고 대비하는 자를 나무라서는 안 됩니다.

개와 토끼

사냥개가 토끼를 잡아서 때로는 물고 때로는 핥았다.
토끼가 지쳐서 말했다.

"이보시오, 나를 잡아먹을 게 아니면 입 맞추지 마시
오. 당신이 적인지 친구인지 알 수 없으니 말이오."

° 태도가 모호한 사람에게 어울리는 우화입니다.

좋은 것과 나쁜 것

좋은 것들은 허약한지라 나쁜 것들에 쫓겨 하늘로 올라갔다. 좋은 것들은 어떻게 해야 사람들에게 다가갈 수 있는지 제우스에게 물었다. 제우스가 좋은 것들에게 말했다.

"사람들에게 다가가되 한꺼번에 몰려가지 말고 하나씩 가거라."

그리하여 나쁜 것들은 가까이 사는 까닭에 늘 사람들을 공격하지만, 좋은 것들은 하늘에서 하나씩 내려오기 때문에 사람들을 드문드문 찾아오는 것이다.

° 좋은 일은 가끔 일어나지만 나쁜 일은 자주 일어납니다.

날개 잘린 독수리와 여우

독수리가 사람에게 잡혔다. 사람은 독수리의 날개를 자른 뒤 집에서 기르는 다른 새들과 살도록 안뜰에 풀어놓았다.

날개 잘린 독수리는 속이 상해 고개를 숙인 채 아무것도 먹지 않았다. 독수리는 감옥에 갇힌 왕과 같은 신세가 됐다.

그런데 다른 사람이 독수리를 사서 날개에 몰약*을 발라 다시 날 수 있게 해주었다. 하늘로 날아오른 독수리는 토끼를 낚아채어 자기를 치료해준 사람에게 선물로 갖다 주었다.

여우가 그것을 보고 말했다.

"두 번째 주인은 마음씨가 착하니까 그 사람에게 줄 것이 아니라 먼젓번 주인에게 주어야지. 먼젓번 주인에

---

*몰약(沒藥): 아프리카산 감람과(橄欖科)에 속하는 식물에서 채집한 고무 수지. 보통 노란색, 갈색, 붉은색을 띤 덩어리로, 향기가 있고 맛이 쓰다. 기관지나 방광 따위의 과다한 분비물을 억제하는 데 쓰며 통경제와 건위제로도 쓰임.

게 잘 보여야 너를 다시 잡아서 날개를 자르는 일이 없
을 테니까."

° 은인에게는 아낌없이 보답하되 사악한 자는 멀리하
   는 것이 현명합니다.

고양이와 쥐

어떤 집에 쥐가 들끓었다. 이를 알게 된 고양이가 그 집으로 가서 차례차례 쥐들을 잡아먹었다. 쥐들은 자꾸 고양이게 잡히자 구멍으로 들어가 숨어버렸다.

쥐들이 나타나기를 마냥 기다릴 수 없던 고양이는 꾀를 써서 쥐들을 끌어내기로 했다. 고양이는 선반 위로 기어 올라가 거꾸로 매달려 죽은 시늉을 했다. 쥐 하나가 머리를 내밀고 두리번거리다가 고양이를 발견하고는 말했다.

"이봐, 네가 자루 변한다 해도 나는 결코 네 근처에 가지 않을 거야."

° 현명한 사람은 악의를 품은 자가 아무리 시치미를 떼도 속지 않습니다.

수탉 두 마리와 독수리

　수탉 두 마리가 암탉 몇 마리를 두고 서로 싸우고 있었다. 한 수탉이 다른 수탉을 피해 도망쳤다. 도망친 수탉이 덤불 속으로 들어가 숨자 이긴 수탉은 높은 담 위로 올라가 큰 소리로 울었다.

　그러자 곧바로 독수리가 내리 덮쳐 이긴 수탉을 채어갔다. 잠시 후 숨어 있던 수탉이 나와서 암탉들과 마음대로 짝짓기를 했다.

° 신은 거만한 자는 멀리하지만 미천한 자에게는 은총을 베풉니다.

어부와 큰 물고기와 작은 물고기

어부가 바다에서 그물을 끌어당기고 있었다. 큰 물고기는 어부의 손에 잡혀 뭍에다 널리게 되었다. 그러나 작은 물고기는 그물코로 빠져나가 바다로 도망쳤다.

° 큰 행운을 누리지 못하는 사람은 쉽게 구원받지만, 큰 명성을 누리는 사람이 위험에서 벗어나는 것은 보기 드문 일입니다.

여우와 가시나무

울타리를 뛰어넘다가 미끄러진 여우가 떨어지지 않으려고 가시나무를 붙잡았다. 가시나무의 가시에 찔려 발에서 피가 나자 여우는 괴로워하며 혼자 중얼거렸다.

"아이코, 아파라. 도움이 될 줄 알았는데 너는 내 처지를 더 나쁘게 만들었구나!"

가시나무가 말했다.

"이봐, 네가 나를 잡으려 했던 게 잘못이지. 나는 누구든 다 찌르는 버릇이 있다고."

° 천성적으로 남을 해코지하려는 자에게 도움을 청하는 것은 어리석은 짓입니다.

여우와 나무꾼

사냥꾼을 피해 달아나던 여우가 나무꾼에게 숨겨달라고 간청했다. 나무꾼은 여우에게 자기의 오두막에 들어가 숨으라고 했다.

잠시 후 사냥꾼들이 나타나 여우가 지나가는 것을 보지 못했느냐고 물었다. 나무꾼은 말로는 보지 못했다고 대답하면서 손짓으로는 여우가 숨어 있는 곳을 가리켰다. 사냥꾼들은 그의 손짓에는 주목하지 않고 그의 말만 믿고 떠나갔다.

사냥꾼들이 멀어진 것을 보고 여우가 나오더니 한마디 말도 없이 길을 떠났다. 자기를 구해준 사람에게 고맙다는 인사조차 않는다고 나무꾼이 나무라자 여우가 말했다.

"당신의 손짓과 성격이 말과 일치했다면 나도 당신에게 고맙다는 인사를 했겠지요."

° 착한 척하면서 못된 행동을 하는 자에게 어울리는 우화입니다.

여우와 개

여우가 양 떼 속으로 들어가 어미젖을 빨고 있던 새끼 양 하나를 들어 올려 어르는 척했다. 뭘 하느냐고 개가 묻자 여우가 대답했다.

"새끼 양을 어르며 놀아주고 있지."

개가 말했다.

"지금 당장 새끼 양을 놓아주지 않으면 개가 어떻게 늑대를 어르며 놀아주는지 보여주겠다."

° 파렴치하고 어리석은 자에게 어울리는 우화입니다.

여우와 표범

여우와 표범이 서로 제가 아름답다고 다투고 있었다.
표범이 제 몸이 다채롭다고 자랑하자 여우가 대답했다.
"내가 너보다 더 아름답다! 나는 너보다 정신이 다채
로우니 말이야."

° 육체적인 아름다움보다 마음씨가 고와야 바람직합
  니다.

여우와 도깨비 가면

여우가 배우의 집에 들어가 그의 의상을 하나씩 뒤지고 있었다. 그러다가 정교하게 만든 도깨비 가면을 발견했다. 여우가 그것을 손에 들고 말했다.

"와, 굉장한 머리인데! 그런데 골이 비었잖아."

° 덩치만 크고 생각이 모자라는 사람에게 어울리는 우화입니다.

황소 세 마리와 사자

황소 세 마리는 함께 풀을 뜯곤 했다. 사자는 황소들을 잡아먹고 싶었지만 셋이 뭉쳐 있어서 그럴 수가 없었다. 사자는 음흉한 말로 황소들을 이간질하여 서로 떼어놓았다. 황소들이 서로 떨어진 것을 발견한 사자는 한 마리씩 잡아먹었다.

° 진실로 안전하게 살고 싶다면 적은 불신하되 친구는 신뢰하고 가까이해야 합니다.

족제비와 쇠줄

족제비가 대장간에 들어가 거기 있던 쇠줄을 핥았다. 쇠줄에 베인 혀에서 피가 줄줄 흘러내렸다. 어리석은 족제비는 쇠줄에서 뭔가 나오는 줄 알고 좋아했다. 족제비는 결국 혀를 완전히 잃어버렸다.

° 남과 겨루기를 좋아해 화를 자초하는 자에게 어울리는 우화입니다.

농부와 언 뱀

겨울철 추위에 뻣뻣해진 뱀을 본 농부가 불쌍한 마음이 들어 가슴에 품어 녹여주었다. 몸이 따뜻해진 뱀은 제 본성을 찾아 은인을 물어 죽였다. 농부가 죽어가며 말했다.

"나는 이런 벌을 받아 마땅하지! 사악한 자를 불쌍히 여겼으니."

° 악한 자는 아무리 이쪽이 호의를 베풀어도 달라지지 않습니다.

살무사와 여우

살무사가 가시나무로 된 나뭇단*을 타고 강물에 떠
내려가고 있었다. 여우가 그것을 보고 말했다.
"그 선주**에 그 배로구나."

° 못된 짓을 일삼는 사악한 자에게 어울리는 우화입니
   다.

---

*나뭇단: 땔나무 따위를 묶어놓은 단
**선주(船主): 배의 주인.

야생 당나귀와 집 당나귀

양지바른 곳에서 풀을 뜯는 집 당나귀를 본 야생 당나귀가 가까이 다가갔다. 그리고 집 당나귀를 부러운 듯 바라보며 치하했다.

"자네는 먹을 것이 많아서인지 보기 좋게 살이 올랐구먼."

며칠 후, 짐을 나르고 있는 집 당나귀가 뒤에 있는 주인에게 채찍질당하는 것을 본 야생 당나귀가 말했다.

"더는 자네를 행운아라고 치하하지 않겠네. 보아하니 자네가 즐기는 풍요는 엄청난 대가를 치르고 있구먼."

° 위험과 고통이 따르는 이익은 조금도 부러워할 것이 못 됩니다.

당나귀와 개

당나귀와 개가 함께 길을 걷다가 땅에 떨어져 있는 문서를 발견했다. 그것은 봉인되어 있었는데, 당나귀가 집어서 뜯고는 개에게 내용을 읽어주었다. 꼴*에 관한 내용이었다. 건초와 보리 이야기만 계속되자 짜증이 난 개가 당나귀에게 말했다.

"이봐, 몇 줄 건너뛰고 읽어봐. 혹시 고기와 뼈다귀에 관한 이야기도 나올지 모르니까."

당나귀가 문서를 전부 읽었는데도 개가 찾는 내용이 없자 개가 말했다.

"이봐, 땅에 던져버려. 그 문서는 아무 쓸모도 없는 거네."

° 이 우화에는 교훈이 없습니다.

---

*꼴: 말이나 소에게 먹이는 풀.

새 잡는 사람과 볏 달린 종달새

새 잡는 사람이 새를 잡으려고 올가미를 놓고 있었다. 그 모습을 보던 볏 달린 종달새가 멀찍이 떨어져서 물었다.

"지금 뭘 하는 거요?"

새 잡는 사람이 볏 달린 종달새에게 답했다.

"도시를 세우고 있소."

그러고는 멀찍이 가서 숨었다. 볏 달린 종달새는 그의 말을 믿고 다가왔다가 올가미에 걸렸다. 새 잡는 사람이 달려오자 볏 달린 종달새가 말했다.

"이보시오, 당신이 세우는 도시가 이런 것이라면 그 안에 사는 사람은 많지 않을 것이오."

° 집이든 도시든 그곳의 우두머리가 야박할 때 그곳을 떠나는 사람이 가장 많습니다.

메뚜기 잡는 아이와 전갈

한 아이가 성벽 앞에서 메뚜기를 잡고 있었다. 여러 마리의 메뚜기를 잡은 아이는 그 옆에 있는 전갈도 메뚜기인 줄 알고 손을 오목하게 해서 잡으려 했다. 그러자 전갈이 침을 세우며 말했다.

"네가 잡은 메뚜기들마저 잃고 싶다면 어디 한번 잡아봐."

° 착한 사람과 나쁜 사람을 똑같이 대해서는 안 됩니다.

목마른 비둘기

비둘기는 몹시 목마른 나머지 물동이가 그려진 그림을 보고 진짜 물동이로 착각했다. 비둘기는 요란하게 날개를 퍼덕이며 자기도 모르게 그림을 향해 돌진했다가 그만 날개가 부러지고 말았다. 그리고 마침 그곳에 있던 사람에게 붙잡혔다.

° 욕망에 이끌려 함부로 손댔다가는 순식간에 망할 수
도 있습니다.

원숭이와 낙타

　동물들의 집회가 열렸고 흥이 난 원숭이가 자리에서 일어나 춤을 추었다. 원숭이는 모두에게서 열렬한 박수 갈채를 받았다. 그 모습을 샘나게 지켜보던 낙타는 자기도 춤을 추려고 일어났다. 자꾸 서투르게 행동하는 낙타에 화가 난 동물들이 몽둥이로 낙타를 쳐서 내쫓았다.

° 샘이 나서 자기보다 더 강한 자와 겨루려는 자에게 어울리는 우화입니다.

양에게 꼬리 치는 개와 양치기

어떤 양치기에게 엄청나게 큰 개가 있었다. 양치기는 개에게 태어나자마자 죽은 새끼 양이나 죽어가는 양을 먹으라고 던져주곤 했다. 하루는 양 떼가 쉬고 있을 때 양들에게 다가가 꼬리 치는 개를 보고 양치기가 말했다.

"네가 양들에게 바라는 죽음이 네 머리 위에 떨어지면 좋으련만!

° 아첨꾼에게 어울리는 우화입니다.

공작과 두루미

공작이 두루미를 가리키며 깃털 색깔을 조롱했다. 공
작이 말했다.

"나는 황금빛과 자줏빛 옷을 입고 있는데, 너는 조금
도 아름답지 않은 색의 날개를 지니고 있구나."

두루미가 말했다.

"나는 별 가까이에서 노래하고 하늘 높이 날지만, 너
는 수탉처럼 저 아래에서 암탉들과 노니는구나."

° 부를 뽐내며 영광 없이 사는 것보다 행색은 초라해도
명성을 얻는 것이 낫습니다.

강물을 막는 어부

어부가 강에서 고기를 잡고 있었다. 어부는 밧줄 끝에 돌을 묶어 그물을 쳐서 한쪽 둑에서 다른 쪽 둑까지 강물을 막았다. 고기들이 도망치다가 어쩔 수 없이 그물 안으로 뛰어들게 할 작정이었다.

어부가 그물 치는 모습을 보고 근처에 사는 사람들 가운데 한 명이 말했다.

"뭐하는 짓이오! 자네가 그렇게 하면 강물이 흐려져서 물을 마실 수 없잖소!"

어부가 대답했다.

"이렇게 강물을 흐리지 않으면 나는 굶어 죽을 수밖에 없는걸요."

° 선동가는 나라를 당파 싸움으로 몰아넣을 때 가장 덕을 봅니다.

여우와 악어

여우와 악어가 서로 자기가 더 좋은 가문에서 태어났다며 다투고 있었다. 악어가 바닥에 길게 누운 채 제 조상들을 자랑했다.

"우리 할아버지들은 체육관장을 지냈어."

여우가 말했다.

"말 안 해도 알겠어. 네가 오랫동안 체조를 해왔다는 것은 네 살갗만 봐도 알 수 있거든."

° 거짓말쟁이는 행동으로 거짓이 탄로 납니다.

신상을 파는 사람

어떤 사람이 나무로 헤르메스의 신상(神象)을 조각해 장에 팔러 갔다. 신상을 사려는 사람이 좀처럼 나타나지 않자 그는 사람들을 끌기 위해 자기는 보복과 이익을 팔고 있다고 외쳤다. 마침 그곳에 있던 사람이 물었다.

"이봐요, 그분이 그렇게 복을 주신다면 그분에게 도움을 받을 일이지 왜 내다파는 거요?"

그가 대답했다.

"나는 당장 도움이 필요한데 신은 이익을 주려고 서두르는 법이 없기 때문이지요."

° 신도 아랑곳하지 않고 이익만 탐하는 사람에게 어울리는 우화입니다.

아이티오피아인

어떤 사람이 아이티오피아*인을 노예로 샀다. 그는 노예의 살빛이 검은색인 것은 전 주인이 제대로 돌보지 않았기 때문이라고 생각했다. 그래서 그는 노예를 집으로 데려와 비누로 문지르는 등 온갖 방법으로 씻어 살빛을 하얗게 만들려고 했다. 그러나 그는 노예의 살빛을 바꾸지 못했고 과로로 몸져눕게 되었다.

° 타고난 것은 그대로 지속됩니다.

---

*아이티오피아: '에디오피아'의 라틴어. 아프리카 대륙의 흑인이라는 의미로 쓰임.

염소와 염소치기

　염소치기가 우리 안으로 돌아오라고 염소들을 불렀다 무리 중 한 마리가 맛있는 풀을 뜯느라 뒤처졌다. 염소치기는 그 염소에게 돌을 던졌다. 그 돌에 정통으로 맞아 염소의 뿔 하나가 부러졌다. 그러자 염소치기가 이 일을 주인에게 말하지 말아달라고 염소를 달랬다. 염소가 말했다.

　"내가 말하지 않는다고 해서 숨길 수 있겠어요? 내 뿔이 부러진 것은 누구나 다 볼 수 있는걸요."

° 잘못이 명백할 때는 숨기기가 불가능합니다.

피리 부는 어부

피리를 잘 부는 어부가 피리와 그물을 가지고 바다로 갔다. 툭 튀어나온 바위 위에 자리 잡고 서서 피리를 불기 시작했다. 그는 물고기들이 달콤한 소리에 이끌려 스스로 자기를 향해 뛰어오를 것이라고 믿었다.

그러나 아무리 애를 써도 소용이 없자 피리를 놓고 투망을 물속에 던져 많은 물고기를 잡았다. 그는 그물에 잡힌 물고기를 꺼내 바닷가로 던졌다. 바닥에 떨어져 파닥거리는 물고기를 보며 말했다.

"고약한 녀석들 같으니라고, 내가 피리를 불 때는 춤추지 않더니, 피리를 멈추니 춤을 추는구먼!"

° 때가 아닐 때 행동하는 사람에게 어울리는 우화입니다.

어부와 멸치

어부가 바다에 던진 그물을 건져 올렸는데 멸치 한 마리가 잡혀 있었다. 멸치가 말했다.

"지금은 내가 작으니까 놓아주세요. 내가 자라서 큰 물고기가 되었을 때도 당신은 나를 잡을 수 있을 거예요. 그때 잡는 게 더 큰 이익일 거예요."

어부가 말했다.

"아무리 작다 해도 이미 손안에 들어온 이익을 놓아버린다면, 아무리 크다 해도 다가올 이익만 바란다면 그야말로 멍청이겠지."

° 더 큰 것을 바라며 이미 손안에 들어온 것을 작다고 놓아버리는 것은 어리석은 행동입니다.

서로 이웃이 된 개구리들

개구리 두 마리가 서로 이웃이 되었다. 한 마리는 길에서 멀리 떨어진 깊은 연못에 살았고, 다른 한 마리는 길 위의 웅덩이에 살았다. 연못에 사는 개구리가 웅덩이에 사는 개구리에게 자기 곁으로 이사 오라고 권했다.

"연못으로 이사 오면 더 안전하고 풍요로운 생활을 할 수 있을 거야."

그러나 웅덩이에 사는 개구리는 정든 곳을 떠나기가 어렵다며 그의 말을 듣지 않았다. 결국 그 개구리는 웅덩이 위를 지나가던 마차에 깔려 죽었다.

° 현실에 안주하려는 자는 더 나은 기회를 놓칠 수 있습니다.

여자와 암탉

어떤 과부에게 암탉 한 마리가 있었다. 암탉은 날마다 알을 하나씩 낳았다. 과부는 보리를 더 많이 던져주면 암탉이 하루에 두 번씩 알을 낳을 줄 알고 그렇게 했다. 그러자 암탉은 살이 쪄서 하루에 한 번도 알을 낳지 못했다.

° 더 많이 가지려고 욕심을 부리다가 자칫하면 이미 가진 것마저 잃을 수 있습니다.

마녀

어떤 마녀가 자기는 부적으로 신의 노여움을 달랠
수 있다고 주장했다. 마녀는 부적을 많이 팔아 적지 않
은 돈을 벌었다. 그러자 사람들이 종교개혁을 하려 한
다는 이유로 마녀를 고소했다. 마녀를 고소한 사람들이
이겨 마녀에게 사형이 선고되었다. 법정에서 끌려 나오
는 마녀를 보고 한 구경꾼이 말했다.

"이봐요, 당신은 신의 노여움도 푼다더니 어째서 인
간들조차 설득하지 못한 것이오?"

° 굉장한 것을 약속하면서 평범한 일도 할 줄 모르는
  자에게 어울리는 우화입니다.

꼬리가 잘린 여우

여우 한 마리가 덫에 치였다가 빠져나오다 꼬리가 잘렸다. 짧아진 꼬리가 창피해 못 살겠다고 생각한 여우는 다른 여우들도 같은 불행을 당하면 자기 약점이 두드러지지 않을 것이라 여겼다. 그날로 여우는 다른 여우들에게도 꼬리를 자르라고 권했다. 한자리에 모인 여우 무리 앞에 나서서 말했다.

"다들 꼬리를 자르기를 추천해. 꼬리는 보기 흉할 뿐만 아니라 필요 없이 무겁기만 해."

그중 한 마리가 대답했다.

"이봐, 네게 떨어지는 이익이 없다면 우리에게 권하지 않았겠지."

° 호의가 아니라 제 이익을 위해 이웃에게 무엇을 권하는 자에게 어울리는 우화입니다.

사람과 사자

하루는 사람과 사자가 함께 길을 걷고 있었다. 그들은 서로 제가 잘났다고 자랑했다. 때마침 사람이 사자를 목 졸라 죽이는 모습을 새긴 석상(石像)이 길가에 있었다. 사람이 그것을 가리키며 사자에게 말했다.

"우리가 너희보다 얼마나 강한지 보았겠지!"

사자가 웃으며 말했다.

"만약 사자가 조각을 할 줄 알았다면 많은 사람이 사자의 발아래 쓰러져 있는 모습을 볼 수 있었을 거야."

° 많은 사람이 자기는 용감하고 대담하다고 큰소리치지만 막상 시험해보면 대부분 거짓말임이 탄로 납니다.

황소와 굴대

　황소들이 달구지를 끌고 있었다. 굴대*가 삐걱거리자 황소들이 돌아서서 굴대에게 말했다.

　"이봐, 짐은 우리가 나르는데 네가 왜 끙끙대는 거지?"

° 수고는 남이 하는데 힘든 체는 제가 하는 자에게 어울리는 우화입니다.

---

*굴대: 수레바퀴의 한가운데에 뚫린 구멍에 끼우는 긴 나무 막대나 쇠막대.

농부와 아들들

세상을 떠날 때가 가까워진 농부는 아들들이 농사일에 더 많은 경험을 쌓았으면 하고 바랐다. 그래서 농부는 아들들을 불러놓고 말했다.

"내가 세상을 떠나거든 너희는 내가 포도밭에 감춰둔 것을 모두 찾아보려무나."

아들들은 포도밭 어딘가에 보물이 묻혀 있는 줄 알고 아버지가 세상을 떠난 뒤 포도밭을 완전히 갈아엎듯이 들쑤셔놓았다. 아들들은 보물을 발견하지 못했지만 잘 갈아놓은 포도밭은 몇 배나 많은 결실을 맺었다.

° 노력만한 보배가 없습니다.

여주인과 하녀

    일하기를 좋아하는 과부는 여러 명의 하녀를 두고 있었다. 과부는 수탉이 울면 밤에도 하녀들을 깨워 일을 시키고는 했다. 하녀들은 지치고 피로가 쌓이자 그 집의 수탉을 목 졸라 죽이기로 했다. 동트기 전 여주인을 깨우는 수탉이야말로 자신들을 불행하게 만드는 원인이라고 믿었던 것이다.

    그러나 계획대로 수탉을 죽이는 데 성공한 하녀들은 더 큰 곤경에 빠지게 되었다. 여주인이 수탉이 우는 시간을 몰라 한밤중에 하녀들을 깨워 일을 시켰기 때문이다.

° 많은 사람이 제 꾀에 제가 넘어갑니다.

겁쟁이 사냥꾼과 나무꾼

어떤 사냥꾼이 사자의 발자국을 찾고 있었다. 사냥꾼
은 나무꾼에게 사자 발자국을 보았는지, 사자의 보금자
리가 어디에 있는지 아느냐고 물었다. 나무꾼이 말했다.

"당신에게 사자 자체를 보여주겠소."

사냥꾼은 이 말에 파랗게 질려 이를 덜덜 떨며 말했다.

"내가 찾고 있는 것은 사자 발자국이지 사자 자체가
아니오."

° 세상에는 말로만 용감할 뿐 행동은 비겁한 사람이 더
  러 있습니다.

디오게네스와 대머리

견유학파* 철학자 디오게네스가 어떤 대머리에게 모욕을 당하자 이렇게 말했다.

"나는 모욕하지 않겠소. 오히려 나는 당신의 사악한 두개골을 떠난 머리털을 칭찬해주고 싶소."

° 이 우화에는 교훈이 없습니다.

---

*견유학파(犬儒學派): 개인의 정상적인 자유를 확보하기 위해 욕심을 버리고 자연 생황을 영위위하는 것을 이상으로 삼는 그리스 철학의 한 학파.

사슴과 포도나무

사슴이 사냥꾼들을 피해 포도나무 밑에 숨었다. 사냥꾼들이 그 옆을 지나치자마자 사슴은 제가 꼭꼭 숨었다고 믿고는 포도나무 잎을 따먹기 시작했다. 잎사귀가 움직이자 사냥꾼들이 되돌아왔다. 그 아래에 어떤 짐승이 숨어 있다고 믿고는 창을 던져 사슴을 죽였다. 사슴은 죽어가며 이렇게 말했다.

"나는 이런 벌을 받아 마땅하지! 나를 구해준 것을 해코지하지 말았어야 했는데……."

° 은인을 해코지하면 신의 벌을 받게 됩니다.

헤르메스와 대지의 여신

제우스가 남자와 여자를 만든 다음, 헤르메스를 불러 말했다.

"이들을 대지의 여신에게 데려다주어라. 그리고 어느 곳을 파야 양식을 구할 수 있는지 보여주어라."

헤르네스는 임무에 충실했지만 대지의 여신의 반대에 부딪혔다. 헤르메스가 고집을 부리며 이는 제우스의 명령이라고 하자 대지의 여신이 말했다.

"그들더러 마음대로 파라고 해요. 한숨과 눈물로 그 대가를 치르게 할 테니."

° 쉽게 빌려 힘들게 갚는 자에게 어울리는 우화입니다.

두 원수

서로 미워하는 두 사람이 한배를 타고 가고 있었다. 한 사람은 고물*에, 한 사람은 이물**에 앉아 있었다. 폭풍이 일어 배가 가라앉으려 하자 고물에 있던 사람이 키잡이에게 배의 어느 쪽이 먼저 가라앉겠느냐고 물었다. 키잡이는 이물이라고 말했다. 그러자 그가 말했다.

"내 원수가 나보다 먼저 죽는 것을 볼 수 있다면 나는 죽어도 여한이 없소."

° 원수가 자기보다 먼저 손해 보는 것을 볼 수만 있다면 제 손해는 아랑곳하지 않는 사람이 많습니다.

---

*고물: 배의 뒷부분.
**이물: 배의 앞부분.

제우스와 아폴론

제우스와 아폴론이 활쏘기 시합을 하고 있었다. 아폴론이 활을 당겨 화살을 날려 보내자 제우스는 아폴론이 화살을 날려 보낸 거리만큼 한 발짝 내디뎠다.

° 자기보다 강한 자와 싸우면 상대에게 미치지 못할 뿐아니라 웃음거리가 되고 맙니다.

해와 개구리

어느 여름날 해가 결혼식을 올리게 되었다. 모든 동물이 기뻐했고 개구리들도 좋아했다. 개구리들 가운데 한 마리가 말했다.

"어리석기는! 너희는 뭐가 그렇게 좋다는 거냐? 해는 혼자서도 너끈히 늪지를 말리는데 결혼해서 자기를 닮은 자식까지 두게 되면 우리의 고통은 더 심해지지 않겠어?"

° 경솔한 자는 기뻐해서는 안 될 일에 기뻐합니다.

영웅

　어떤 사람이 집에 영웅 상(像)을 모셔두고는 풍성한 제물을 바쳤다. 계속해서 그의 씀씀이가 헤프고 제물에 큰돈을 들이자 밤에 영웅이 나타나 그에게 말했다.

　"여보게, 이제 재산을 그만 낭비하게나. 재산을 다 쓰고 나서 가난해지면 나를 탓할 게 아닌가!"

° 자신이 어리석어 불행에 빠진 많은 사람이 그 책임을 신에게 돌립니다.

강물에 똥을 눈 낙타

낙타가 세차게 흘러가는 강물을 건너고 있었다. 속이 안 좋은 낙타는 강물 속에서 똥을 누었다. 똥을 누자마자 제 똥이 바로 앞에서 급류에 떠내려가는 것을 본 낙타가 말했다.

"이게 도대체 어떻게 된 일이지? 내 뒤에 있던 것이 내 앞을 지나가다니."

° 현명한 사람 대신 아둔한 자가 통치하는 상황에 어울리는 우화입니다.

춤추는 낙타

주인이 춤을 추라고 강요하자 낙타가 말했다.

"나는 춤출 때만 흉한 것이 아니라 걸어갈 때도 흉해요."

° 하는 일마다 서투른 자에게 어울리는 우화입니다.

게와 여우

게가 바다에서 올라와 바닷가에 홀로 살고 있었다. 굶주린 여우가 게를 보고는 달려가 잡았다. 게가 삼켜지려는 순간 말했다.

"나는 이런 벌을 받아 마땅하지! 바다에서 살던 내가 육지에서 살겠다고 했으니."

° 잘하던 일을 버리고 걸맞지 않은 일에 손을 대면 실패하게 마련입니다.

호두나무

　　길가의 호두나무는 행인들이 던지는 돌멩이에 계속
맞자 탄식하며 중얼거렸다.
　　"불쌍한 내 신세야! 나는 해마다 온갖 수모와 고통을
당하는구나!"

° 이익을 위해서라면 귀찮은 일도 마다하지 않는 자에
　게 어울리는 우화입니다.

지빠귀

숲에서 먹이를 쪼아 먹던 지빠귀는 열매가 달아 그 곳을 떠날 수가 없었다. 이를 지켜보던 새를 잡는 사람이 그곳에 끈끈이를 놓아 지빠귀를 잡았다. 숨이 끊어지려는 순간 지빠귀가 말했다.

"불쌍한 내 신세! 먹는 즐거움 때문에 목숨까지 빼앗기는구나."

° 환락 때문에 목숨을 잃는 난봉꾼에게 어울리는 우화입니다.

볏이 있는 종달새

볏이 있는 종달새가 올가미에 걸려 탄식하며 말했다.

"나야말로 비천하고 불운한 새로구나! 나는 누구에게도 값진 것을 훔친 적이 없건만 작은 곡식알 하나 때문에 죽게 되었으니."

° 하찮은 이익을 위해 큰 위험을 무릅쓰는 자에게 어울리는 우화입니다.

달팽이

　농부의 아내가 달팽이를 굽고 있었다. 달팽이들이 탁탁 소리 내는 것을 듣고는 농부의 아내가 말했다.
　"가련한 동물 같으니라고! 집에 불이 났는데 노래를 부르고 있네."

° 그때그때 사정에 맞지 않는 것은 무엇이든 비난받게 마련입니다.

갇힌 사자와 농부

시자가 농부의 축사*로 들어갔다. 농부는 안마당의 문을 닫아 사자를 잡았다. 축사에서 나갈 수 없게 된 사자는 먼저 양들을 잡아먹고 그다음에는 소들을 덮쳤다. 그러자 농부는 자신의 안전이 염려되어 문을 열었다. 사자가 떠나고 농부가 끙끙 앓는 것을 본 그의 아내가 말했다.

"당신은 벌을 받아 마땅해요. 어쩌자고 멀리 떨어져 있어도 도망치지 않을 수 없는 사자를 가둘 생각을 했나요?"

° 자기보다 힘이 센 자를 자꾸 자극하는 자는 자신의 과오로 빚어진 결과를 감수해야 됩니다.

---

*축사: 가축을 기르는 건물.

늑대와 양

늑대들이 양 떼를 습격하려 했다. 그러나 개들이 지키고 있어 양들을 수중에 넣을 수 없었다. 늑대들은 목적을 이루기 위해 꾀를 쓰기로 했다.

늑대들은 양들에게 사절단을 보내 개들을 넘겨달라고 요구했다. 늑대들의 말인즉 개들이 그들 사이의 적대관계의 원인이니만큼 개들만 넘겨주면 그들 사이에 평화가 찾아오리라는 것이었다.

양들이 앞일을 내다보지 못하고 개들을 넘겨주자 늑대들은 힘들이지 않고 양들을 차지하게 되었다.

° 민중의 지도자를 아무 생각 없이 내주면 머지않아 나라 자체가 적의 수중에 넘어갑니다.

당나귀와 당나귀 모는 사람

당나귀가 당나귀 모는 사람에게 이끌려 길을 가고 있었다. 얼마 후 평탄한 길에서 벗어나 낭떠러지 옆을 지나가게 되었다. 당나귀가 절벽 아래로 떨어지려 하자 모든 사람이 꼬리를 잡고 당나귀를 끌어올리려 했다. 그러나 당나귀가 기를 쓰며 반항하자 당나귀 모는 사람이 당나귀를 놓으며 말했다.

"그래, 네가 승리하려무나. 하지만 네 승리는 나쁜 승리야."

° 남과 겨루기를 좋아해 화를 자초하는 자에게 어울리는 우화입니다.

새끼 원숭이

어떤 원숭이가 새끼 두 마리를 낳았다. 한 마리는 어미가 품어 정성껏 먹였지만 다른 한 마리는 미워하고 보살피지 않았다. 이를 지켜본 신이 새끼 원숭이의 운명을 정했다. 어미가 즐겨 보살피고 품에 꼭 껴안아주던 새끼는 어미에 의해 숨이 막혀 죽었고, 어미가 돌보지 않던 새끼는 제 명대로 살았다.

° 운명은 어떤 선견지명보다도 더 강합니다.

장미와 무궁화

장미 옆에 나 있던 무궁화가 장미에게 말했다.

"너는 얼마나 아름다운 꽃인가! 너야말로 신과 인간의 즐거움이지. 너의 아름다움과 향기를 축복한다."

장미가 말했다.

"무궁화야, 나는 잠시밖에 살지 못해서 누가 나를 꺾지 않아도 시들어버려. 그런데 너는 언제나 꽃이 피고 이렇게 생생하지 않니!"

° 잠시 화려하게 살다가 운이 바뀌어 죽는 것보다 작은
  것에 만족하며 살아남는 편이 낫습니다.

대장장이와 강아지

어떤 대장장이에게 개 한 마리가 있었다. 대장장이가 대장간 일을 할 때 개는 잠만 잤고, 대장장이가 식사할 때 개는 그 옆에 가 섰다. 대장장이는 개에게 뼈다귀를 던져주며 말했다.

"잠만 자는 고약한 짐승 같으니라고! 내가 모루*를 칠 때는 잠만 자다가 내가 이를 움직이면 금방 깨어나다니."

° 남의 노력으로 살아가는 게으름뱅이를 꾸짖는 상황에 어울리는 우화입니다.

---

*모루: 대장간에서 불린 쇠를 올려놓고 두드릴 때 받침으로 쓰는 쇳덩이.

거북과 독수리

거북이 독수리에게 나는 법을 가르쳐달라고 간청했다. 독수리가 '거북은 날지 못한다'라고 일러주어도 막무가내로 간청했다. 그래서 독수리는 거북을 발톱으로 움켜쥐고 높이 날아올랐다. 그러다 실수로 놓쳐버렸고 거북은 바위에 떨어져 박살이 났다.

° 현명한 이가 충고해도 많은 사람이 이를 듣지 않고 남에게 이기려다 화를 자초합니다.

대머리 기수

어떤 대머리 기수(騎手)가 가발을 쓴 채 말을 달리고 있었다. 바람이 불어 가발이 날아가자 그곳에 있던 사람들이 배꼽을 잡고 웃었다. 대머리 기수가 말을 세우고 말했다,

"이 가발은 함께 자란 본디 주인도 버렸거늘 주인도 아닌 나를 떠나는 것이 뭐가 이상하단 말이오?"

° 불의의 사고를 당했다고 해서 괴로워해서는 안 됩니다.

구두쇠

어떤 구두쇠가 자신의 전 재산을 돈으로 바꿔 금괴를 만들었다. 구두쇠는 비밀 장소에 금고를 묻으며 자신의 영혼과 마음도 함께 묻었다. 그리고 날마다 비밀 장소에 갔다.

한 일꾼이 구두쇠의 행동을 지켜보다가 어찌 된 일인지 알아차리고는 금괴를 파내어 가져가버렸다. 여느 때처럼 비밀 장소에 갔다가 금괴를 묻어둔 자리가 비어 있는 것을 본 구두쇠는 탄식하며 머리를 쥐어뜯었다. 구두쇠의 사연을 듣고 누군가가 이렇게 말했다.

"이보시오. 이렇게 낙담할 일이 아니오. 당신은 금을 갖고 있어도 갖고 있는 것이 아니었소. 그 자리에 금 대신 돌을 갖다놓고 그것을 돈이라 생각하시오. 그것은 당신을 위해 금과 똑같은 구실을 하게 될 거요. 금을 가졌을 때조차 당신은 재산을 쓰지 않았으니 말이오."

° 쓰지 않고 묵혀두기만 하는 재산은 현실에 아무런 영향을 주지 않습니다.

제비와 뱀

제비가 법정 처마에 둥지를 치고 새끼를 낳았다. 제비가 외출한 틈에 뱀이 기어 올라가 새끼 제비들을 잡아먹었다. 둥지가 비어 있는 것을 본 제비는 슬피 울었다. 다른 제비가 위로하느라고 자식 잃은 불행을 당한 것이 어디 너뿐이겠느냐고 말하자 그 제비가 말했다.

"나는 가족을 잃은 것보다도 피해자가 도움을 기대할 수 있는 장소에서 피해를 본 것이 더 슬프단 말이야."

° 전혀 예상하지 못한 자에게 당한 변고가 더 견디기 어렵습니다.

암퇘지와 암캐

암퇘지와 암캐가 서로 자기가 새끼를 더 많이 낳는
다고 다투었다. 암캐가 네발짐승 가운데 저만 빨리 새
끼를 낳는다고 말하자 암퇘지가 대답했다.

"네가 그런 말을 한다면 너는 눈먼 새끼를 낳는다는
것만 알아둬!"

° 일은 속도가 아니라 완성도로 평가해야 합니다.

숫염소와 포도나무

포도나무에 싹이 텄는데 숫염소가 돋아나는 족족 눈*
을 따 먹었다. 포도나무가 숫염소에게 말했다.

"왜 나를 해코지하는 거니? 다른 풀도 많잖아. 나는 네
가 제물로 바쳐질 때 필요한 만큼 포도주를 대줄 거야."

° 친구의 것을 훔치려는 배은망덕한 자를 꾸짖는 상황
에 어울리는 우화입니다.

---

*눈: 새로 막 터져 돋아나려는 초목의 싹.

벽과 말뚝

벽이 말뚝에 사정없이 뚫리자 소리쳤다.

"어쩌자고 너는 아무 해코지도 하지 않은 나를 뚫는 거지?"

말뚝이 말했다.

"그것은 내 탓이 아니라 뒤에서 나를 힘껏 치는 자의 탓이야."

° 이 우화에는 교훈이 없습니다.

털 깎인 양

어떤 사람이 서투르게 털을 깎자 양이 말했다.

"내 양털을 원한다면 더 능숙히 깎으시고, 내 고기를
바란다면 단번에 나를 죽이세요. 이렇게 조금씩 계속
고문하지 마세요."

° 솜씨가 서투른 자에게 어울리는 우화입니다.

까마귀와 뱀

먹을거리가 떨어진 까마귀가 양지바른 곳에 누워 있는 뱀을 내리 덮쳐 낚아챘다. 뱀이 몸을 돌려 까마귀를 물자 까마귀는 죽어가며 말했다.

"불쌍한 내 팔자야! 이런 횡재를 하고도 그것 때문에 죽어가는구나."

° 보물을 발견했지만 그 때문에 목숨을 잃을 위험에 처
  한 자에게 어울리는 우화입니다.

방울 단 개

어떤 개가 몰래 다가가 사람을 물고는 했다. 그래서 주인은 세상 사람들이 다 알도록 그 개에게 방울을 달았다. 개는 방울을 흔들며 자랑스럽게 장터를 돌아다녔다. 어느 늙은 암캐가 그 개에게 말했다.

"뭘 그렇게 으스대는 거니? 방울을 달고 다니는 것은 네 미덕 때문이 아니라 네 숨은 악의를 알리기 위해서 인데."

° 허풍선이들의 자랑은 그들의 숨은 악의를 드러내는 행위입니다.

고깃덩이를 물고 가는 개

개가 고깃덩이를 물고 강을 건너고 있었다. 개는 물에 비친 제 모습을 보고 그것이 더 큰 고깃덩어리를 물고 있는 개라고 믿었다. 개는 제 것은 놓아버리고 다른 개의 고깃덩이를 빼앗으려고 덤벼들었다.

그리하여 개는 두 가지를 다 잃었다. 하나는 애당초 없었던 것이기에 얻을 수 없었고, 다른 하나는 강물에 떠내려갔기 때문이다.

° 욕심쟁이에게 어울리는 우화입니다.

원예사와 개

원예사의 개가 우물에 빠졌다. 원예사는 개를 끌어 올리려고 몸소 우물로 내려갔다. 그러나 개는 원예사가 자기를 더 아래로 밀어 넣으려는 줄 알고 돌아서서 원예사를 물었다. 원예사는 고통스러워하며 올라오더니 말했다.

"나는 이런 벌을 받아 마땅하지! 어쩌자고 죽으려는 짐승을 구해주려고 서둘렀단 말인가!"

° 배은망덕한 자에게 어울리는 우화입니다.

갈대와 올리브나무

갈대와 올리브나무 사이에 끈기와 힘과 의연함을 두고 서로 자기가 뛰어나다고 시비가 붙었다. 올리브나무가 갈대더러 힘이 없고 온갖 바람에 쉽게 굽힌다고 나무라자, 갈대는 침묵만 지킬 뿐 아무 말도 하지 않았다.

잠시 뒤 세찬 바람이 불어오자 갈대는 흔들리고 굽히면서 쉽게 바람에서 벗어났다. 그러나 올리브나무는 바람에 맞서다가 그 기세를 이기지 못해 꺾이고 말았다.

° 상황에 따라서는 강한 자에게 굽히는 자가 힘센 자를 이기려는 자보다 더 강합니다.

다랑어와 돌고래

다랑어가 돌고래에게 쫓겨 정신없이 달아나고 있었다. 다랑어는 잡히려는 순간, 돌진하던 힘 때문에 자신도 모르게 바닷가에 내팽개쳐졌다. 똑같은 추진력에 떠밀려 돌고래도 함께 물 밖으로 내팽개쳐졌다. 다랑어가 돌아서서 기진맥진한 돌고래를 보며 말했다.

"나를 죽게 만든 자가 나와 함께 죽는 것을 보니 죽어도 여한이 없구나."

° 많은 사람이 자신을 불행하게 만든 장본인이 불해해지는 것을 보면 불행을 쉽게 견딥니다.

헤라클레스와 플루토스

헤라클레스가 신의 반열에 올라 제우스의 식탁에서 대접받게 되었다. 헤라클레스는 신들에게 일일이 공손하게 인사했다. 마지막으로 플루토스* 앞에 이르자 헤라클레스는 눈을 내리깔고 그대로 돌아섰다. 제우스가 이상하게 생각하며 그 이유를 묻자 헤라클레스가 대답했다.

"제가 사람들 사이에 있을 때 그가 주로 사악한 자들과 함께하는 것을 보았기 때문입니다."

° 운이 좋아 부자가 되었지만 성질이 사악한 자에게 어울리는 우화입니다.

---

*플루토스: 그리스 신화에 나오는 재물의 신.

제우스와 뱀

제우스가 혼인 잔치를 열었다. 모든 동물이 저마다 제 형편에 맞게 선물을 가지고 왔다. 입에 장미를 문 뱀이 제우스가 있는 곳으로 기어 올라왔다. 뱀을 본 제우스가 말했다.

"나는 다른 자들이 주는 선물은 모두 받겠지만 네 입이 주는 것은 절대로 받지 않을 것이다."

° 사악한 자의 호의는 경계해야 합니다.

작품 해설

　『이솝 우화』는 고대 그리스의 아이소프스(Aἴσωπος, 이솝)가 지은 우화 모음이다.

　역사가 헤로도토스(Herodotos)에 따르면 아이소프스는 기원전 6세기에 사모스(Samos) 시민 이아도몬의 노예였던 인물이다. 이야기를 잘하는 재주가 있어 그의 주인을 많이 도와주었다고 한다. 자유인이 되고 나서는 각지를 돌아다니면서 지혜가 담긴 이야기를 사람들에게 들려주어 늘 환영을 받았다고 한다.

　아리스토파네스는 이솝이 사원에서 식기를 훔쳐 델포이인들에게 고발당해 최후를 맞았다고 하고, 플루타르코스는 이솝이 델포이인들을 모욕해서 바위로 압사당하는 형벌을 받아 최후를 맞았다고 한다. 우화 중 하나의 내용이 신전의 사제를 모욕한다는 이유로 절벽에

178

서 추락사시키는 벌을 받았다는 설도 있다.

『이솝 우화』는 동물을 주인공으로 한 짧은 내용이 대부분이다. 간혹 식물, 사람, 신(神) 등이 등장하는 이야기도 있다. 이 책에 실린 우화는 교훈을 얻을 수 있는 내용이다. 지금껏 출간된 『이솝 우화』와 마찬가지로 이 책에도 우화의 끝에 편집자의 코멘트를 짧게 달았다.

『이솝 우화』에 담긴 교훈은 단지 착하고 바르게 살라는 도덕적 교훈에 국한되지 않는다. 오히려 세상을 사는 데 필요한 처세술과 관련된 교훈이 많다. 예를 들어 '악한 자에게는 은혜를 베풀 필요가 없다', '세상을 사는 데 거짓말이 필요할 때도 있다' 등 어린이를 대상으로 한 동화책에는 어울리지 않는, 현대 사회의 어른이 읽어도 제법 와닿을 만한 메시지다.

한 편 한 편이 재미있을 뿐더러 작품마다 기지가 번득이니 '재미와 교훈'을 제대로 갖추고 있다고 할 수 있다. 다시금 『이솝 우화』를 즐겨보아도 좋을 것이다.